D1246093

Conoce nuestros productos en esta página, danos tu opinión y descárgate gratis nuestro catálogo.

www.everest.es

Dirección Editorial: **Raquel López Varela**
Coordinación Editorial: **Ana María García Alonso**
Maquetación: **Cristina A. Rejas Manzanera**
Diseño de cubierta: **Francisco A. Morais**

Tercera edición del 987-84-441-4362-0
(Octava edición del 978-84-241-8715-6)

© Alfredo Gómez Cerdá
© EDITORIAL EVEREST, S. A.
Carretera León-La Coruña, km 5
ISBN: 978-84-441-4362-0
Depósito legal: LE. 111-2013
Printed in Spain - Impreso en España

EDITORIAL EVERGRÁFICAS, S. L.
Carretera León-La Coruña, km 5
LEÓN (España)
Atención al cliente: 902 123 400

Cuando Miguel no fue Miguel

Alfredo Gómez Cerdá
Ilustrado por **Javier Zabala**

DOMINGO

LA CULPA la tuvo una tableta de chocolate. O mejor dicho, la culpa la tuvo una auténtica torre de tabletas de chocolate que estaba situada en el cruce de dos pasillos del hipermercado. Era el chocolate preferido de Miguel y, además, estaba de oferta.

Miguel pensó decírselo a sus padres, pero como los vio discutiendo por la marca de la caja de leche que iban a comprar, soltó el carro de metal y se dirigió hacia la torre de tabletas de chocolate. La rodeó y, un poco sorprendido, se quedó mirándola. Le resultó increíble que aquellas tabletas hubieran sido colocadas con tanto esmero, unas sobre otras, para conseguir esa forma tan llamativa.

Luego, alargó el brazo y de la parte superior de la torre, con cuidado, cogió una tableta. La miró con satisfacción y leyó las letras grandes del envoltorio: chocolate extrafino con leche y almendras. Se relamió de gusto.

Muy contento, con la tableta en la mano, regresó a donde había dejado a sus padres. Pero ya no estaban allí.

Miró a un lado y a otro, buscándolos. No encontró ni rastro de ellos ni del carro de metal.

Algo nervioso, recorrió todo el pasillo, hasta dar la vuelta a los expositores, y regresó al mismo sitio. ¿Dónde se habrían metido? ¿Cómo se podían haber marchado sin darse cuenta de que él no estaba? Quizá la culpa la había tenido la marca de la leche. Miguel sabía que cuando sus padres se ponían a discutir sobre si era mejor una leche que otra, o si tal aceite era más fino que los demás, o si las lechugas debían ser redondas o alargadas… se olvidaban de todo.

Decidió Miguel no moverse del sitio, pues lo más probable era que sus padres, cuando descubriesen que su hijo no iba con ellos, regresasen a buscarlo. Esperaría un rato y, si seguían sin aparecer, tendría que ir a una cabina de información y decir que se había perdido para que diesen su nombre por megafonía. Le resultaba ridículo. ¡Perderse a su edad! Pero… ¿qué otra cosa podía hacer?

Cuando llevaba cinco minutos esperando –cinco minutos que se le hicieron larguísimos–, Miguel tuvo una idea. Pensó que lo mejor sería salir de allí y dirigirse hacia el coche, en el aparcamiento. Tenía la costumbre de memorizar el sitio donde aparcaban, por eso no le costaría trabajo dar con el coche. Más tarde o más temprano, sus padres tendrían que aparecer allí.

—Calle H, número cuarenta y dos —dijo en voz alta.

Allí es donde habían aparcado el coche.

ECHÓ a andar con resolución y, abriéndose paso entre las personas y los carros de metal que formaban

una cola ante una de las cajas, salió de la zona del hipermercado.

Se sintió entonces más solo que nunca, en medio de un amplio pasillo, flanqueado por la hilera interminable de las cajas a un lado, e infinidad de pequeñas tiendas al otro lado. Cientos de personas y decenas de carros de metal atestados de bolsas de plástico le rodeaban por todas partes. El gran centro comercial estaba en plena ebullición.

En aquel momento, Miguel se dio cuenta de que llevaba la tableta de chocolate en la mano, lo que significaba que la había sacado sin pagar. Pensó acercarse a una de las cajeras y devolvérsela, pero no lo hizo. Con ella en la mano se dirigió hacia el aparcamiento.

No le fue fácil dar con la salida y varias veces se confundió. Cuando creía que había encontrado el camino de la salida, se daba cuenta de que en realidad volvía a entrar. ¿Acaso aquel lugar estaría embrujado y por culpa de algún maleficio no encontraba la forma de abandonarlo?

Pero, tras intentarlo varias veces, consiguió su propósito. Cuando se vio de nuevo en la calle, respiró profundamente. La inmensa explanada del aparcamiento se extendía ante él, repleta de coches.

—¡Por fin! —dijo en voz alta.

IBA tan embelesado mirando las letras de las calles del aparcamiento, que no vio a un hombre que hurgaba en un contenedor lleno de basura que había junto a la pared. Por eso, se chocó violentamente contra él.

—¡Eh! —protestó aquel hombre—. ¿Por qué no miras por dónde andas?

—Perdone —se disculpó Miguel—. Estoy buscando la calle H del aparcamiento…, miraba hacia…, y… y… no me di cuenta.

—Si no miras siempre hacia adelante, te pasarás la vida chocándote contra todo lo que encuentres a tu paso.

—Sí, señor.

—Hoy he sido yo, que no estoy demasiado duro; pero imagínate que mañana te chocas contra una de esas enormes farolas de hierro, o contra el tronco de un grueso árbol, o contra un buzón de correos, o contra un camión que se haya subido a la acera para descargar su mercancía, o contra un quiosco de periódicos, o contra un rinoceronte que se haya escapado del zoológico…

Sorprendido, mientras escuchaba sus palabras, Miguel descubrió que aquel hombre, que no había dejado de rebuscar dentro del contenedor, tenía un aspecto muy diferente al de las personas que solían acudir al centro comercial. Se fijó en su ropa, que de tan vieja y sucia ni siquiera parecía ropa; en su pelo muy largo, que le caía hasta los hombros desde las alas arrugadas de un mugriento sombrero con el que se cubría la cabeza; en su enorme y enmarañada barba blanca, entre la que apenas se distinguía la línea de su boca; en sus zapatos incoloros llenos de agujeros; en la cuerda de cáñamo que utilizaba como cinturón…

Miguel sabía que a sus padres no les gustaba que hablase con desconocidos, y menos con esa pinta. Por eso, se dio media vuelta y comenzó a alejarse. Pero, de repente, se detuvo en seco. Una idea había cruzado por su mente. Se acercó de nuevo al hombre y le dio la tableta de chocolate que aún llevaba en la mano.

—¡Chocolate! —exclamó aquel hombre con gesto de alegría al recibir el regalo—. Muchas gracias, muchacho.

—De nada —respondió Miguel muy educadamente.

—Me encanta el chocolate —continuó el hombre—. Espero encontrar un poco de pan y hacerme un bocadillo.

—Si quiere, cuando encuentre a mis padres, puedo decirles que le compren una barra de pan. Ellos no se negarán.

—No te molestes. No es difícil encontrar un pedazo de pan por aquí.

—No es molestia…

—¡Chocolate! —volvió a suspirar el hombre, arrimándose la tableta a la nariz—. Antes robaba muchas tabletas de chocolate ahí dentro.

—¿En el centro comercial? —preguntó Miguel, como si no le hubiera entendido.

—¿Sabes lo que hacía? —continuó el hombre—. Escondía la tableta en uno de mis bolsillos y comenzaba a caminar como si fuera un comprador más. De vez en cuando, metía la mano en el bolsillo y daba un buen pellizco al chocolate. Así, hasta que la terminaba. Luego, tiraba el envoltorio en algún rincón y salía tan campante por esa puerta que hay para los que no han comprado nada.

Miguel pensaba que aquel hombre tenía una gran desfachatez, no sólo por robar tabletas de chocolate, sino por vanagloriarse de ello. Entonces recordó algo que le había ocurrido y decidió contárselo:

—El año pasado, cogí una tableta de chocolate que llevábamos en el carrito con toda la comida, le quité el papel y le di un mordisco.

—¡Así se hace! —sonrió aquel hombre.

—Pero mi madre me regañó.

—¿Sabes por qué te regañó tu madre? —el hombre abrió los ojos al máximo y acercó un poco su cabeza a la del niño, como si fuera a contarle algún secreto—. Lo hizo porque no te comiste la tableta entera. La próxima vez no dejes nada, y el papel lo tiras con disimulo en un rincón.

A pesar de que sabía que no debía permanecer junto a aquel hombre, que le estaba contando cómo robaba en el hipermercado y que incluso le incitaba a hacer lo mismo, Miguel no podía evitar una atracción misteriosa que lo retenía a su lado.

—¡Aquí está! —gritó de pronto.

Miguel pudo ver cómo uno de los brazos de aquel hombre, que mantenía enterrado entre la basura del contenedor, se aferraba a algo. Luego, tiró con decisión y sacó una barra de pan de tamaño considerable, la limpió un poco con la manga de su chaqueta y se la enseñó con gesto de satisfacción.

—¿Qué te parece, muchacho? Ahora podré hacerme un enorme bocadillo de chocolate. Si te apetece, te daré un trozo.

—No, gracias.

—Te advierto que el pan es de hoy, está blandito.

—Es que… no tengo hambre —se excusó Miguel, quien no podía evitar un poco de asco ante la visión de aquella barra de pan espachurrada y bastante sucia.

—Tú te lo pierdes.

El hombre abrió la barra de pan con sus dedos, quitó el papel a la tableta de chocolate y la colocó a modo de bocadillo. Inmediatamente, dio un gran bocado.

—¡Hummm! ¡Exquisito!

NO SE explicaba Miguel por qué aún seguía al lado de aquel hombre, que sin duda era un vagabundo sin casa, que dormiría en plena calle, arropado con cartones, y que tenía que comer lo que encontraba en la basura. Le observaba masticar con voracidad, como si llevase días sin comer.

—Usted dijo que comía todo el chocolate que le apetecía en el hipermercado del centro comercial —le comentó.

—Y no sólo chocolate —respondió el hombre—. Comía de todo, es decir, de todo lo que puede comerse sin necesidad de cocinarlo. Tú ya me entiendes.

—¿Y cómo tiene tanta hambre?

—¿Es eso lo que te preocupa? —la barba blanca se le había llenado de migas de pan—. Verás…, hace tiempo que no puedo entrar en el hipermercado.

—¿Por qué?

—Un día me pilló uno de los guardas comiendo una lata de sardinas en aceite. ¡Me encantan las sardinas en aceite! Desde entonces no me dejan entrar. Ya no puedo robar comida. Pero ahora robo otras cosas en las tiendas.

—¿Otras cosas? —la boca de Miguel se abrió hasta dibujar un elocuente gesto de sorpresa.

El hombre se metió la mano en uno de los bolsillos interiores de su chaqueta y sacó un libro.

—¡Libros! ¡Me gusta robar libros!

—Libros… —repitió un poco alelado Miguel.

—Me gusta robarlos para leerlos —continuó el hombre—. Y a ti, ¿te gusta leer libros?

—Prefiero ver la tele, jugar con la videoconsola, ir al polideportivo, patinar en el parque, pasar la tarde en un centro comercial, jugar con mis amigos…

—Todas esas cosas son muy importantes —sentenció el hombre, antes de dar un nuevo y gigantesco mordisco al bocadillo.

—En mi cuarto tengo una estantería llena de libros, por lo menos hay veinte.

—¿Y los has leído?

—Creo que he leído dos y medio.

Entonces el hombre le mostró el libro que había sacado del bolsillo y con la boca llena le dijo:

—Es un libro de poesía. Lo escribió un hombre que vivió y murió hace más de cien años al otro lado del océano Atlántico.

—¿En América? —preguntó Miguel.

—En América del Norte, en Estados Unidos, en Nueva York. En Long Island.

—Hace unas semanas mi padre estuvo en Nueva York y me trajo unas bermudas y un *discman* para escuchar *compact discs*. Me ha dicho que a lo mejor en un viaje me lleva con él.

El hombre abrió el libro y comenzó a pasar hojas muy despacio, hasta que se detuvo en una en la que pareció fijar más su atención.

—¿Quieres saber cómo se llamaba el poeta que lo escribió? —le preguntó entonces.

—Sí.

—Walt Whitman. Ése era su nombre.

Luego permaneció un instante pensativo, como si estuviera dudando de algo. Movió incluso su cabeza a un lado y a otro.

—Aquí hay escrito un poema precioso. Podría leértelo, pero el caso es que… no me atrevo.

—¿Por qué no se atreve? —se sorprendió Miguel.

—Podría resultar… peligroso.

—Ya entiendo —sonrió Miguel con un gesto de picardía—. Es una poesía para mayores, como algunas películas. Mis padres no me dejan ver esas películas.

—No es eso —sonrió también el hombre—. La poesía no tiene edad.

—¿Entonces…?

El hombre parecía un poco nervioso e intranquilo, como si algo lo estuviera inquietando. Se guardó lo que le quedaba de bocadillo en un bolsillo de su amplio pantalón y se rascó la cabeza entre las greñas que le salían del sombrero.

—Tú… ¿quieres que te lo lea?

—Sí —respondió resuelto Miguel.

—¿Seguro?

—Sí, seguro.

—Bueno, te leeré sólo el principio.

Y el hombre, después de carraspear un par de veces para aclarar su garganta, comenzó a leer:

—*Había un niño que salía todos los días,*
y el primer objeto que miraba,
en ese objeto se convertía.

Luego, visiblemente nervioso, cerró el libro de golpe y se lo guardó.

—¿Ya se ha terminado la poesía? —preguntó Miguel.

—No; es una poesía bastante larga, pero no te leeré más.

—¿Por qué? —insistió Miguel.

—Tengo que marcharme.

Parecía como si algo le hubiera sucedido de pronto a aquel hombre. Su actitud había cambiado, y también la forma de comportarse. Incluso hasta sus ademanes y el tono de su voz eran diferentes. Se le notaba intranquilo, como si de repente la presencia de Miguel lo incomodase y quisiera perderlo de vista cuanto antes.

Se dio la vuelta y comenzó a alejarse. Cuando había dado unos cuantos pasos se detuvo y volvió ligeramente la cabeza.

—Muchas gracias por el chocolate —dijo.

Y se alejó entre los coches aparcados.

MIENTRAS Miguel lo observaba, se preguntaba qué le habría sucedido para marcharse así, de una manera tan brusca, después de leerle aquellos versos. Seguía dándole vueltas en su cabeza a estos pensamientos hasta que una voz muy familiar lo devolvió a la realidad:

—¡Es él! ¡Está allí!

Se volvió de inmediato y descubrió a sus padres, que corrían a su encuentro.

—¡Qué susto nos has dado! —le dijo su madre mientras lo abrazaba—. Llevamos un buen rato buscándote, hasta han dado tu nombre y tus señas por megafonía.

Miguel se sentía confuso. Por un lado, se alegraba del reencuentro con sus padres. Por otro lado, no podía apartar al vagabundo de su mente.

—Pero, ¿qué hacías aquí? —le preguntó el padre.

—Iba hacia el coche. Recordaba el lugar donde habíamos aparcado y pensaba que vosotros acabaríais pasando por allí.

—¿Y cómo no se te ocurrió acudir a alguna cabina de información?

—También lo pensé, pero… no soy un bebé para ir diciendo por ahí que me he perdido.

DEJARON en el maletero del coche la compra semanal del hipermercado y pasaron el resto de la tarde en el centro comercial, recorriendo incansablemente las tiendas, subiendo y bajando por las escaleras mecánicas.

El padre de Miguel se compró unos zapatos de color marrón claro que le hacían juego con los últimos pantalones. La madre de Miguel se compró un paraguas y una blusa. A Miguel, además de un par de gofres de chocolate, le compraron un *compact disc* de Aullidos en el Ático al Amanecer, su grupo musical favorito, un pijama, una toalla con la firma de un famoso jugador de fútbol, una visera roja y un bañador de color azul marino con un delfín sonriente en uno de los laterales. Por supuesto, también compraron unas cuantas cosas para la casa.

Ya anochecido, después de tomarse unos sándwiches sentados en el velador de una de las cafeterías, regresaron a casa, felices y cansados.

Al salir del aparcamiento, Miguel no pudo evitar pensar en aquel hombre de aspecto tan estrafalario con el que había estado hablando junto al contenedor de basura. Lo recordaba perfectamente, como si lo tuviera frente a él. Y le sorprendió también recordar los versos de aquella poesía que le había leído.

Los repitió mentalmente:

"Había un niño que salía todos los días,
y el primer objeto que miraba,
en ese objeto se convertía".

LUNES

MIGUEL se levantó de la cama como todos los lunes. En realidad, se levantó como todos los lunes, como todos los martes, como todos los miércoles… Miguel era un auténtico dormilón y tener que abandonar el calor de las sábanas para incorporarse a los trajines de un día cualquiera, siempre le costaba muchísimo trabajo.

Con los ojos semicerrados se dirigió hasta el cuarto de baño, caminando como un autómata, y ni siquiera la ducha tibia lo despertó del todo. Desayunó en la mesa de la cocina, con su madre, que ya estaba preparada para marcharse a trabajar.

—Hoy te llevará papá al colegio —le dijo, mientras daba sorbitos al café con leche, que debía de estar muy caliente.

—Bueno —se limitó a responder Miguel.

—¿Has preparado tus cosas?

—Sí.

—Revisa tu cartera antes de salir, que siempre olvidas algo.

—Sí.

—Pero… ¿me estás escuchando?

—Bueno, digo… sí.

La madre le dio un beso de despedida, miró su reloj de pulsera y se marchó corriendo al trabajo.

De forma mecánica, como un robot que ejecutase movimientos programados, se tomó un zumo de naranja, una tostada con mantequilla y un tazón de leche.

—¿Estás preparado? —le preguntó su padre mientras se anudaba la corbata al cuello de la camisa.

—Sí.

—Pues vámonos corriendo. Llevo el tiempo justo.

Miguel se levantó y fue hasta su habitación, cogió su cartera, repleta de libros y cuadernos, y se la colgó al hombro. Luego se dirigió hacia las escaleras, donde ya le esperaba su padre.

—Vamos, vamos —le apremió—. He quedado con un cliente dentro de media hora.

Bajaron hasta el garaje y, cuando su padre abrió las puertas del coche, Miguel se sentó en el asiento delantero. Pero ni siquiera el hecho de viajar en el asiento delantero le hizo reaccionar. Colocó su cartera entre las piernas y se puso el cinturón de seguridad.

Cuando salían por la rampa hacia la calle vieron a Casilda. El padre hizo sonar la bocina del coche y la saludó con la mano. Ella le devolvió el saludo al tiempo que les dedicaba una sonrisa. Las sonrisas de Casilda no eran cualquier cosa. Cuando ella reía, su rostro entero reía con generosidad y transparencia. Se iluminaba toda su cara, tan morena, con los ojos un poco rasgados y los labios gruesos. Su nariz, pequeña, se encogía aún más entre sus pómulos anchos y hasta su pelo, tan negro y brillante, recogido en una larga trenza, parecía sonreír.

Casilda era una mujer peruana que trabajaba desde hacía algunos meses como empleada de hogar en casa de Miguel. Sus padres estaban muy contentos porque decían que era limpia y trabajadora. Él también lo estaba, porque a veces jugaba con ella y lo pasaba muy bien.

LA VISIÓN de la calle y el aire fresco que entraba por la ventanilla abierta lo despabilaron un poco. Miguel, al fin, empezaba a ser el niño que habitualmente era.

Poco antes de llegar al colegio había un cruce de calles regulado por un semáforo. Como ellos circulaban por la calle más estrecha, casi siempre el semáforo se encontraba en rojo y tenían que parar.

Y también casi siempre, junto a aquel semáforo había un muchacho de unos catorce años de edad y un niño de no más de diez. Tenían un cubo en la acera lleno de agua jabonosa y uno de esos limpiacristales con mango, que por un lado tienen una esponja y por el otro una tira de goma. Aprovechando el obligado parón de los coches, se dedicaban a limpiar los cristales delanteros, siempre y cuando los dueños no se lo impidiesen con algún gesto o con alguna voz.

—¿Limpia, señor? —solía decir el mayor, acercándose a la ventanilla.

El padre de Miguel siempre les decía que no. Luego le ofrecían pañuelos de papel, y también se negaba a comprárselos. Algunas veces, y para quitárselos de encima, les daba algunas monedas.

Como de costumbre, el muchacho se acercó a la ventanilla de su padre y fue entonces cuando Miguel lo vio. Su aspecto, muy sucio y desarrapado, no difería mucho del que tenía otros días; sin embargo, llevaba una camiseta que a Miguel le llamó la atención, pues en ella, estampados, se encontraban todos los componentes de su grupo musical favorito: Aullidos en el Ático al Amanecer, con su líder al frente, el genial cantante Cornelio. No pudo evitarlo. Se quedó fijamente mirando a Cornelio, medio embobado, mientras recordaba algunas de las canciones de su último disco, que había escuchado la noche anterior en el *discman* que su padre le había traído de Nueva York.

Se abrió el semáforo y el coche reanudó la marcha. Miguel no podía borrar de su mente la imagen de la camiseta sucia de aquel muchacho y, sobre todo, el rostro de Cornelio, con la boca abierta pegada a un micrófono, en plena actuación. Pensó que tendría que decirles a sus padres que quería una camiseta como aquélla, seguramente se la comprarían sin ponerle pegas.

EL COCHE se detuvo junto a la puerta de entrada del colegio. Miguel se inclinó un poco hacia su padre para darle un beso.

—Hasta luego, papá.

—Hasta luego.

Mientras el coche volvía a reanudar la marcha a toda prisa, Miguel entró en el recinto del colegio.

Atravesaba el patio ajardinado en dirección a los pabellones, cuando de repente notó una sensación extraña. ¿Qué le estaba sucediendo? No le dolía nada, pero no se encontraba bien. Notaba que algo se había apoderado de su cuerpo, algo que lo envolvía como una nube, que incluso lo levantaba del suelo y lo zarandeaba de un lado a otro. Aquella nube, además, era espesa y no le permitía ver a su alrededor. Entonces empezó a asustarse de verdad. Iba a gritar pidiendo socorro cuando, como por arte de magia, desapareció la nube por completo.

Y en aquel momento, Miguel pudo ver frente a sus narices el rostro de un hombre malencarado que, aferrado al volante de su coche, gritaba como un energúmeno.

—¡Te he dicho que no! ¡No se te ocurra mancharme el cristal con la mugre que llevas encima!

Miguel no entendía por qué el señor le chillaba de aquella manera y le decía que estaba sucio, cuando se había duchado hacía tan sólo media hora y su ropa estaba bien lavada y bien planchada.

Entonces, oyó otra voz que le resultaba más familiar:

—¿Y unos pañuelos? Cómpreme unos pañuelos, son baratos. Deme sólo la voluntad.

El coche arrancó y partió a toda velocidad. Miguel sintió que se movía de un lado a otro de una manera extraña, sin embargo no necesitaba hacer equilibrios para no caerse, pues estaba sujeto a alguna parte. Tras unos instantes, cesó el movimiento y descubrió frente a él un rostro que también le resultó familiar: era un niño de no más de diez años, despeinado y sucio, con los mocos secos pegados a la nariz.

—¿Puedes decirme qué ha ocurrido? —le preguntó Miguel al niño—. Pasé por aquí hace un rato, con mi padre, en el coche. Me dejó en el colegio y cuando cruzaba el patio…

Pero aquel niño no le prestaba ninguna atención. Es más, se había vuelto de espaldas y permanecía atento al semáforo.

Miró hacia abajo descubrió en el suelo un cubo de plástico lleno de agua jabonosa. Miró hacia arriba descubrió la cabeza del muchacho que limpiaba los cristales de los coches y vendía pañuelos.

—¿Entonces…? —comenzó a reflexionar, pero se detuvo al instante, asustado por sus propios pensamientos.

Miró finalmente a su alrededor e, incluso, se volvió de espaldas. Y lo que descubrió superó toda su capacidad de sorpresa y le dejó sin habla durante unos segundos: ¡estaba rodeado por los componentes del grupo musical Aullidos en el Ático al Amanecer!

—Estoy soñando, estoy soñando, estoy soñando… —se repitió un montón de veces, tratando de despertar de una pesadilla.

Llegó a la conclusión de que él sólo podía ser Cornelio, el cantante del grupo. Esta posibilidad era la única que aclaraba un poco las cosas. No sabía cómo, pero de repente se había metido dentro de la camiseta del muchacho que limpiaba los cristales de los coches en el semáforo, ocupando el lugar de Cornelio, tomando incluso su mismo aspecto. En realidad, él se había convertido en Cornelio, o mejor dicho, en la fotografía de Cornelio estampada en la camiseta.

MIGUEL lo intentó de muchas maneras, pero no lo consiguió de ninguna. Gritó hasta desgañitarse, pero su voz no traspasaba los límites de aquel tejido de algodón. Intentó moverse, pero se sentía aprisionado por las líneas del dibujo, que permanecían inalterables y que lo mantenían dentro de una auténtica cárcel.

No le quedó más remedio que abandonarse a su suerte. Pensó que aquella situación tan disparatada no podía durar mucho tiempo y decidió esperar pacientemente. Si se trataba de una pesadilla, no tardaría en despertarse; y si se trataba de otra cosa más extraña, estaba seguro de que más tarde o más temprano también acabaría.

Cada vez que se encendía la luz roja del semáforo, aquel muchacho se acercaba a los coches con ánimo de limpiar los cristales; pero pocas veces lo conseguía, pues la mayoría de las personas lo rechazaban, algunas a gritos y otras con gestos despectivos. Y lo malo era que, como estaba situado justo en el centro de la camiseta, en medio de su pecho, a la altura de las ventanillas, parecía que todos los reproches iban dirigidos contra él.

Le sorprendió entonces la paciencia de aquel muchacho, que aguantaba una y otra vez las negativas de los conductores.

A media mañana, aproximadamente, el niño desapareció de improviso y no regresó hasta pasados quince o veinte minutos. Cuando lo hizo, traía cuatro manzanas, dos en cada mano.

—Mira, Loren —le dijo al mayor.

—¿De dónde las has sacado?

—De la frutería.

—Como te pillen…

—Ni se han enterado. Y si me pillan, echo a correr y no me cogen.

—Pues entonces nos tomaremos un descanso para desayunar. Trae para acá una manzana, Chiqui.

Miguel, al menos, ya sabía alguna cosa más: el muchacho se llamaba Loren y el niño Chiqui. Claro, que eso de Chiqui en realidad no era un nombre; pero al menos sabría cómo dirigirse a él si alguna vez se presentaba la ocasión. Además, y por lo que dijeron después, llegó a la conclusión de que eran hermanos.

Trasladaron el cubo del agua jabonosa hasta un banco de madera cercano y se sentaron en el respaldo del mismo. Allí comenzaron a comerse las manzanas. Cuando terminó, Loren se llevó la mano a uno de sus bolsillos y rebuscó en su interior hasta que sacó unas cuantas monedas.

—¿Cuánto? —preguntó Chiqui.

—Una miseria.

—Cada día el curro está más chungo —dijo Chiqui, adoptando un tono de adulto en sus palabras.

—Con esto no podemos volver a casa.

—Por la tarde a lo mejor se nos arregla el día.

—¡Bah! —Loren lanzó una patada al aire—. Cualquier día me marcho y no me volvéis a ver el pelo.

—¿Y adónde irás?

—¡Yo qué sé! Tiene que haber un sitio en el mundo donde se viva mejor.

—Me iré contigo.

—Ya veremos.

Miguel recapacitaba sobre la conversación que acababa de escuchar. Había una cosa que le llamaba mucho la atención. Loren había dicho una frase que no se le iba de su pensamiento: "tiene que haber un sitio en el mundo donde se viva mejor". ¿Acaso se vivía mal en su ciudad? Él pensaba que vivía en un buen sitio y que, en parte por eso, se sentía muy feliz con sus padres, con su casa, con sus amigos, con su colegio… ¿Por qué entonces se quejaba Loren?

LOREN y Chiqui permanecieron unos minutos en el banco, sin moverse. Loren parecía pensativo, con la mente en otro sitio, y Chiqui no le quitaba la vista de encima. De pronto, Loren chascó los dedos de su mano y saltó del banco con agilidad.

—¡Se me ha ocurrido un plan! —le dijo a Chiqui—. Escucha con atención, porque tú tendrás que hacer una parte muy importante del plan.

Cuando Miguel escuchó el plan de Loren no se quedó de piedra, porque como estaba metido en una camiseta de algodón, eso era imposible; pero le sorprendió tanto lo que había maquinado la mente de Loren para vender más pañuelos, que no tuvo más remedio que admirar su ingenio. Eso a él jamás se le habría ocurrido.

Inmediatamente, pusieron el plan en marcha. Loren se colocó junto al semáforo, con el cubo de agua jabonosa y la bolsa con los pañuelos de papel; sin embargo, Chiqui se escondió tras una furgoneta que estaba aparcada cerca de allí.

Cuando se encendió la luz roja del semáforo, Loren esperó unos instantes a que los coches que circulaban en esos momentos por la calle se detuvieran ante el paso de peatones y, cuando vio que ya no venía ninguno más, hizo una seña con disimulo a Chiqui. Entonces el pequeño entró en acción: bordeó la furgone-

ta y casi a rastras se acercó hasta la parte trasera del último coche parado, extendió su brazo hacia uno de los neumáticos, desenroscó el capuchón de plástico de la válvula y apretó el resorte de metal para que el aire saliera. Aguantó hasta que el neumático se desinfló por completo y luego volvió a poner el capuchón de plástico. Justo cuando el semáforo cambiaba de color, Chiqui terminó su cometido y regresó con rapidez a su escondite tras la furgoneta.

El coche arrancó como los demás, pero enseguida Loren le hizo señas a su conductor, al tiempo que le gritaba:

—¡Lleva una rueda pinchada! ¡Una de atrás! ¡Está completamente en el suelo!

El conductor titubeó unos segundos, no sabía si hacer caso a aquel muchacho o seguir la marcha; pero finalmente se detuvo en un lateral y descendió del coche. Se llevó las manos a la cabeza.

—¡Lo que me faltaba!

—Si quiere, le echo una mano —se ofreció solícito Loren.

—Sí, la necesitaré —reconoció el conductor—. ¡Ah! Y gracias por avisarme.

—Si llega a circular mucho tiempo así, destroza el neumático.

—Ya lo creo. Anda, véndeme unos paquetitos de pañuelos, que seguro que me pongo las manos perdidas.

Loren le vendió los paquetes de pañuelos y le ayudó a cambiar la rueda con amabilidad. Cuando finalizaron el trabajo, el conductor se sentía muy agradecido hacia aquel muchacho que, no sólo le había avisado del percance, sino que además le había ayudado a cambiar la rueda.

—Muchas gracias, muchacho —el conductor le dio una buena propina.

—Para eso estamos —le contestó Loren.

Se alejó el conductor en su coche, seguramente pensando que aún quedaban muchachos generosos, amables y con buenos sentimientos en este mundo tan materialista donde cada uno va a lo suyo sin pensar en los demás.

Chiqui salió de su escondite y se dirigió a su hermano.

—¿Qué tal? —preguntó.

—¡Negocio redondo! —Loren le mostró la propina que le había dado el conductor—. Y además le he vendido cuatro paquetes de pañuelos.

DURANTE el resto de la mañana, Loren y Chiqui repitieron la operación cuatro veces más, siempre con los mismos resultados. Tenían la precaución de buscar coches en los que sólo fuese una persona, para que así su ayuda fuese más necesaria. En todos los casos los conductores se mostraron agradecidos y siempre le dieron una propina a Loren por su generosa colaboración. Por supuesto, él aprovechaba para venderles pañuelos de papel y, en algunos casos, hasta les limpiaba los cristales del coche.

Con la práctica, Chiqui adquirió mucha destreza y efectuaba su cometido a una velocidad increíble: se deslizaba como un felino hacia el último coche parado ante el semáforo y, ocultándose en todo momento tras el parachoques trasero, echaba mano a la válvula del neumático y lo desinflaba en un abrir y cerrar de ojos.

Se tomaron un descanso para comer, y lo hicieron en un jardincillo público que había cerca de allí, junto a una fuente de hierro forjado, a la sombra de un castaño alto y frondoso, cerca de un estanque en el que unos patos blancos permanecían inmóviles sobre el agua gris, como si se hubieran convertido en estatuas de escayola. Desenvolvieron unos grandes bocadillos y, por el olor, Miguel supo enseguida lo que contenían: sardinas en aceite.

Él nunca había probado las sardinas en aceite hasta que un día Casilda, la empleada de hogar, le hizo una tortilla con sardinas en aceite. Ella decía que estaba muy rica y que además tenía mucho alimento. Miguel se comió aquella tortilla y tuvo que reconocer que le gustó. Desde entonces, el olor de las sardinas en aceite no le era desconocido.

Loren y Chiqui daban enormes mordiscos a los bocadillos. Miguel no se explicaba cómo les cabían en la boca. El aceite les chorreaba desde los labios hasta la barbilla e incluso les pringaba los dedos de las manos, pero a ninguno de ellos parecía preocuparle lo más mínimo. Incluso Loren, en una ocasión, se limpió sus dedos grasientos en la camiseta sin ningún miramiento: los restregó justo sobre el estampado de Aullidos en el Ático al Amanecer, y más exactamente, sobre su cantante, el sin par Cornelio.

—¡No seas guarro! —le gritó Miguel—. ¡Me has manchado de aceite hasta las orejas! ¿Para eso os habéis sentado a comer al lado de una fuente?

Pero de nada sirvieron las quejas de Miguel.

Cuando terminaron los bocadillos se dirigieron a la fuente, pero no para lavarse, sino para beber. Abrieron el grifo e hicieron cuenco con las manos. Bebieron hasta saciarse y eructaron a dúo. Luego se sentaron en el suelo, apoyaron la espalda contra el tronco del castaño y en unos segundos se quedaron dormidos.

—¡Y ahora se echan la siesta! —se sorprendió Miguel.

LA SIESTA fue corta, tan sólo diez o quince minutos, y enseguida Loren y Chiqui volvieron a su puesto junto al semáforo, en el cruce de las calles, donde reanudaron la estrategia de la mañana con los mismos resultados.

Miguel estaba pensando que había pasado el día entero con ellos y que, superado el miedo y la incertidumbre que sintió durante los primeros momentos, el resto del tiempo se le había pasado volando, casi sin darse cuenta.

Pero de pronto ese mismo razonamiento lo desasosegó. Llevaba todo el día con ellos. Y eso, ¿qué significaba? ¿Acaso iba a permanecer durante toda su vida metido en una camiseta de algodón? Ni siquiera vivir dentro de la imagen de Cornelio, su cantante favorito, lo consolaba. ¿Qué pasaría cuando la camiseta se llenase de jirones –cosa que no tardaría en suceder– y Loren decidiera tirarla a la basura?

Pero Miguel no tuvo tiempo de preocuparse seriamente, pues de pronto comenzó a notar una especie de mareo: la vista se le nublaba y las cosas parecían dar vueltas a su alrededor. Se sintió atrapado por una densa nube que, flotando misteriosamente, lo llevaba de un sitio para otro. Cerró los ojos y pensó que mejor sería esperar y no ver lo que le estaba sucediendo.

—¡Miguel! ¡Miguel!

Oyó nítidamente aquella voz. Sin duda lo estaban llamando.

—¡Miguel! ¡Miguel!

Además, la voz era inconfundible.

Abrió los ojos y vio a su madre junto a la puerta del colegio, la que daba a la calle. Miró sorprendido a su alrededor y se descubrió en medio del patio. Se miró las manos, los brazos, las piernas, la ropa que llevaba… Sí, era él, volvía a ser él. Su madre lo estaba llamando y muchos niños y niñas salían en esos momentos, eso sólo podía significar una cosa: la jornada de clase había terminado.

Sin embargo, y aunque pareciese lo contrario, él no había llegado a entrar en el colegio y había pasado el día con Loren y Chiqui, junto al semáforo. En ese mismo instante, tomó la decisión de no decir nada a su madre. Sería lo mejor. Además, estaba seguro de que si le contase la verdad, ella no lo creería. Por suerte, había recuperado su estado normal justo a la hora de salida del colegio. El único problema era que los profesores le habrían echado de menos y al día siguiente le preguntarían por su ausencia. Pero ya se inventaría alguna excusa.

—¿Qué hacías ahí, parado como un pasmarote?

—¿Qué es un pasmarote? —Miguel trató de desviar la conversación.

—Pues alguien que está tan embobado que ni siquiera oye la llamada de su madre.

Regresaron a casa andando y entraron en una tienda de alimentación del barrio, donde la madre aprovechó para llevarse algunas cosas que se le había olvidado comprar el día anterior en el hipermercado del centro comercial.

Durante el trayecto, Miguel no pudo dejar de pensar en el centro comercial, o mejor dicho, en el misterioso vagabundo que rebuscaba en el contenedor de basura que había junto al aparcamiento, en el hombre de larga barba y pelo blanco, con un viejo sombrero y unas ropas que más bien parecían harapos, el hombre que ya no podía robar comida en el hipermercado y que, sin embargo, robaba libros para leer.

—¿Tú sabes quién es Walt Whitman? —le preguntó de pronto a su madre.

—No. ¿Quién es?

—Un escritor americano, de Estados Unidos. Vivió hace más de cien años.

Por supuesto, Miguel recordaba los versos que le había leído aquel hombre en el aparcamiento del centro comercial:

Había un niño que salía todos los días,
y el primer objeto que miraba,
en ese objeto se convertía.

Repitió mentalmente una y otra vez aquellos versos. Luego, sintió un escalofrío que lo estremeció.

"¿Será posible?", pensó. Y sus propios pensamientos lo asustaron.

MARTES

LEVANTARSE de la cama le costó más trabajo del habitual, pues por la noche había tardado mucho tiempo en dormirse por culpa de una idea que había comenzado a obsesionarle: sólo él podía ser el niño del que hablaba el poema que le había leído el vagabundo en el aparcamiento del centro comercial. Cuanto más pensaba en ello más se convencía. Se imaginaba lo que ocurriría cuando volviese a su actividad normal, cuando volviese a fijar su vista en alguna cosa... ¡No quería ni pensarlo!

Lo llamó su madre.

—Miguel, ya es hora. Levántate.

A los diez minutos lo llamó también su padre.

—¿Pero qué haces en la cama todavía? ¡Vamos, dormilón!

Un cuarto de hora después su madre se enfadó seriamente.

—¡Levántate ahora mismo! —le gritó.

Y aquel grito le hizo reaccionar, tiró del embozo hacia un lado y sacó los pies del colchón.

—Es que anoche tardé mucho en dormirme —le explicó a su madre, a modo de disculpa.

—¿Te dolía la tripa? ¿Te picaba la garganta? —se preocupó ella.

—No; estoy bien.

—Pues date prisa. Te llevaré yo al colegio y no quiero llegar tarde a trabajar.

Sus ojos estaban más cerrados que nunca. Tenía la sensación de que sus párpados se habían vuelto de acero y pesaban tanto que le resultaba imposible levantarlos. De esta manera se lavó, se vistió y desayunó en la cocina. Su padre se había marchado ya y su madre estaba terminando de arreglarse.

—¿Estás preparado? —le preguntó mientras se calzaba los zapatos en el pasillo.

Miguel se bebió los dos dedos de leche con cacao que le quedaban en el tazón y se limpió la boca con una servilleta.

—Sí.

Antes de que su madre se lo dijera, se levantó de la silla, subió las escaleras hasta su cuarto y regresó al momento con la cartera del colegio al hombro.

No bajaron hasta el garaje, pues su madre había dejado el coche en la calle. Mientras ella cerraba la puerta, Miguel cruzó el jardincillo hasta la cancela que daba a la acera. En ese momento llegaba Casilda, con su sonrisa eterna, con su trenza larga.

—Buenos días, Miguel —le saludó.

—Buenos días, Casilda.

—¡Qué cara de sueño tienes! —exclamó la asistenta enseguida.

La madre llegó hasta ellos corriendo.

—Buenos días, Casilda.

—Buenos días, señora.

—Vamos con la hora pegada, como de costumbre.

Casilda llevaba su bolso colgado del hombro y en la mano un paquete no muy grande: papeles sujetos por una goma elástica. Se apartó para dejar salir a Miguel y a su madre. Un bolígrafo, que llevaba también en el paquete, se le cayó al suelo.

Miguel se agachó de inmediato y recogió el bolígrafo. Lo miró un instante con curiosidad. Era un bolígrafo barato, de plástico, de esos que llevan propaganda.

—Siempre a su servicio en el Banco Planetario —leyó Miguel, y se lo devolvió.

—Gracias —dijo Casilda y sujetó el bolígrafo con la goma elástica.

La asistenta entró en la casa, y Miguel y su madre, a paso ligero, se dirigieron hacia el coche.

DURANTE el trayecto Miguel no podía apartar de su mente lo que le había sucedido el día anterior, por eso decidió que no miraría ninguna cosa con detenimiento. Cerró los ojos y se repitió mentalmente varias veces que no los abriría por nada del mundo. Su madre llegó a pensar que se había dormido.

—Estoy despierto —tuvo que aclararle Miguel—. Cierro los ojos porque así me concentro mejor.

—¿Y para qué quieres concentrarte?

—Para recordar la lección de lenguaje que estudié ayer.

Miguel sabía de sobra que el recurso de los estudios nunca fallaba con los padres. Bastaba decirles que estabas haciendo tal o cual cosa para estudiar mejor, por disparatada que fuese, y ellos se mostraban siempre comprensivos y tolerantes.

Llegaron al cruce donde solían estar Loren y Chiqui y, como de costumbre, el semáforo debía de encontrarse en rojo, pues su madre paró el coche. Miguel sabía que se trataba de aquel cruce porque pudo oír la voz inconfundible de Loren.

—¿Limpia, señora?

—No, no —le respondió su madre.

—¿Pañuelos? Sólo cuestan la voluntad.

—Tampoco, gracias.

De repente, Miguel recordó algo que lo alarmó. Se incorporó violentamente en el asiento y abrió los ojos, pero al instante recordó el peligro que suponía tenerlos abiertos y volvió a cerrarlos. Entonces bajó el cristal de su ventanilla y asomó la cabeza. La giró ligeramente hacia atrás y, con los ojos obstinadamente cerrados, dijo:

—Chiqui, por favor, no nos desinfles la rueda. Si lo haces, yo llegaré tarde al colegio y mi madre al trabajo. A la vuelta no me importaría. Pasamos sobre las cinco por aquí mismo, pero en dirección contraria. Entonces podrás hacerlo, mi madre os comprará un montón de pañuelos y os dará una buena propina. ¿Me oyes, Chiqui? No lo hagas ahora, por favor.

Miguel sintió una mano, que lo agarraba con fuerza por uno de sus brazos y que tiraba de él hasta colocarlo de nuevo correctamente sobre su asiento.

—¿Se puede saber lo que hacías? —le dijo su madre muy enfadada—. Te he dicho mil veces que es peligroso sacar la cabeza por la ventanilla del coche.

—Es que…

—¡No vuelvas a hacerlo! ¡Y sube el cristal ahora mismo!

Miguel obedeció y prefirió aguantar la regañina en silencio. Cuando el coche volvió a ponerse en marcha, contuvo la respiración durante unos segundos. Parecía que todo iba bien.

—Chiqui me ha hecho caso —dijo sin darse cuenta.

—¿De qué estas hablando? —le preguntó la madre.

—Nada, son cosas mías. Pensaba en voz alta.

Pero Miguel tenía razón. Cuando el coche se había detenido ante el semáforo, Chiqui se había deslizado con habilidad hasta la parte trasera del mismo e iba a desinflar una de las ruedas cuando oyó una voz que lo llamaba por su nombre. Se quedó boquiabierto y paralizado. Un niño algo mayor que él había asomado la cabeza por la ventanilla y, con los ojos cerrados, le pedía que por favor no desinflase la rueda hasta por la tarde, cuando volvieran a pasar por allí. Chiqui se quedó tan cortado, que no supo reaccionar y, sólo cuando el coche reanudó la marcha, su hermano mayor lo sacó de su aturdimiento.

—¡Eh, Chiqui! —le gritó—. ¿Por qué no le has desinflado la rueda?

—Loren, me ha pasado una cosa que no te la vas a creer.

Chiqui le contó lo ocurrido y Loren, como es natural, no se lo creyó.

MIGUEL dio un beso a su madre y se bajó del coche junto a la puerta del colegio. Entonces no le quedó más remedio que abrir los ojos, pero sólo lo imprescindible para ver un poquito y no chocarse con algún objeto o con alguna persona.

Cruzó la puerta y, cuando atravesaba el patio pensando que había conseguido llegar hasta allí sin fijarse con detenimiento en ningún objeto, comenzó a experimentar las mismas sensaciones que había tenido el día anterior.

—¡Oh, no! —exclamó con desilusión.

Primero el mareo, luego esa impresión de estar dentro de una nube que lo zarandeaba de un lado a otro y por último…

Cuando abrió los ojos al cabo de unos segundos se encontró en su propia casa, en la cocina donde había desayunado minutos antes. Casilda estaba allí, colocando los servicios del desayuno en el lavavajillas.

—No me preguntes qué hago aquí —le dijo a la asistenta—. Yo tampoco lo sé. Si quieres trataré de explicártelo, pero no sé si lo entenderás. Creo que nadie podría entenderlo. Sospecho que el culpable de lo que me esta sucediendo es un hombre con el pelo largo y blanco, y también la barba, que lleva un sombrero y…

Miguel dejó de hablar al comprobar que Casilda ni se inmutaba, como si no le oyera, y seguía con sus cosas.

—¡Eh, Casilda! —gritó al cabo de unos segundos—. ¡Casilda! ¿Puedes oírme? ¡Eh, eh, eh! ¡Soy yo, Miguel! ¡Eh, eh, eh!

Casilda canturreaba una cancioncilla ajena a sus berridos. Estaba claro que no podía oírlo. Entonces Miguel pensó acercarse a ella y hacerle señales agitando los brazos delante de sus narices. Intentó caminar, pero descubrió que no podía moverse. Sentía de nuevo su cuerpo prisionero dentro de algo, pero ¿dentro de qué?

Miró a su alrededor para tratar de descubrir en qué lugar de la cocina se encontraba exactamente. Estaba, sin duda, en un sitio alto, pues todo lo veía de arriba abajo, en el rincón opuesto a la ventana y casi detrás de la puerta, lo que quería decir que sólo existía una posibilidad: se encontraba sobre el frigorífico.

Pero encima del frigorífico había un espacio muy pequeño, apenas una ranura de dos o tres dedos entre el electrodoméstico y un armario. ¿Cómo era posible estar ahí? Trató entonces de mirar su propio cuerpo, pero no lo descubrió. Ni sus piernas, ni sus brazos, ni su abdomen aparecían por ninguna parte. Por contra, vio unos cuantos papeles doblados y parte de aquel bolígrafo con propaganda de un banco que él mismo recogió del suelo cuando se le había caído a Casilda a la entrada de casa. Había también una cartilla de ahorros del mismo banco y todo ello estaba sujeto con una goma elástica.

—¡Casilda! —gritó Miguel al borde de la desesperación—. ¡Casildaaaaaaaa!

Pero la asistenta seguía a lo suyo, como si nada.

CUANDO un rato después Casilda terminó de recoger la cocina, se dirigió hacia la puerta, sin duda con intención de seguir limpiando el resto de la casa; pero se detuvo de golpe y se quedó unos instantes pensativa, mirando fijamente hacia la parte de arriba del frigorífico. Miguel pensó que al fin lo había visto y reanudó sus gritos con más ímpetu, sin embargo la asistenta no se inmutó. Se limitó a alargar su brazo y a coger algo que estaba sobre el frigorífico.

Miguel se sintió aterrorizado por la mano de Casilda, que le pareció la mano más gigantesca del mundo, era más grande que todo su cuerpo.

—¿Qué vas a hacer, Casilda? —le preguntó asustado—. ¿Es que no ves que estoy aquí? ¡Cuidado! ¡Cuidado!

Miguel se vio volando por los aires, entre los papeles doblados, sujeto por los dedos de Casilda. Y al instante aterrizó sobre la mesa, con suavidad. Al verse de nuevo a salvo, respiró profundamente.

Mientras observaba cómo Casilda cogía una silla y se sentaba, pensaba que, por algún extraño misterio, su cuerpo había encogido hasta convertirse en un ser tan diminuto como una hormiga, o quizá más pequeño todavía. Sólo así se explicaba que Casilda no pudiera verlo ni oírlo.

La asistenta quitó la goma elástica del paquete y Miguel se sintió rodar por la superficie de madera de la mesa hasta que una parte de su propio cuerpo lo detuvo en seco. Desde allí vio a Casilda abrir la libreta de ahorros del Banco Planetario y mirarla con atención, como si al mismo tiempo su mente estuviera haciendo números. Luego, la vio desparramar los papeles sobre la mesa; había varias cuartillas en blanco y un sobre, también blanco.

Fue en ese preciso instante cuando Miguel tuvo una sospecha y en apenas un segundo la sospecha se convirtió en certeza. Había recordado cómo, al recoger el bolígrafo de Casilda del suelo, se había fijado en él, e incluso había leído la frase de propaganda del banco. Aún la recordaba: "Siempre a su servicio en el Banco Planetario". ¡Qué error tan imperdonable!

—¡Un bolígrafo! —exclamó—. ¡Me he convertido en un bolígrafo!

Casilda cogió el bolígrafo y comenzó a escribir. Su letra era redonda y ligeramente inclinada, algo infantil.

Querido José y queridos hijos, Bernardo, Amalia, Nicolás y Bertita:

Ayer os envié el giro con el dinero que he podido ahorrar durante el último mes, y hoy mismo quiero escribir esta carta para sentiros un poco más cerca de mí. ¡Os echo tanto de menos! Ya hace un año y medio que nos separamos y a mí este tiempo se me hace tan largo como toda una vida.

MIGUEL comprendió enseguida que Casilda estaba escribiendo una carta a su familia –su marido y sus hijos–, de la que nunca le gustaba hablar. A veces él le había preguntado por su familia, pero ella siempre había cambiado de tema y se limitaba a sonreír con generosidad.

Cuando no estaba en casa, se lo había comentado a sus padres.

—¿Y por qué no quiere hablar de su familia?

—Lleva mucho tiempo lejos de ella, supongo que al recordarla sentirá una ausencia muy grande —le explicó su padre.

—Debemos respetar su intimidad —añadió su madre.

Miguel se había imaginado esa situación y había creído entender los motivos de Casilda. A él le sucedería lo mismo si estuviera durante tanto tiempo lejos de los suyos, en otro país, a miles de kilómetros.

Sólo en una ocasión Casilda le había hablado de su país. Él estaba haciendo un trabajo de sociales: tenía que dibujar el mapa de América del Sur, con todos sus países. Por eso, había buscado un atlas y copiaba con atención la silueta del continente y las fronteras de cada país.

Casilda limpiaba en esos momentos su habitación y, de pronto, se detuvo junto a la mesa y se quedó mirando durante un instante aquel dibujo. Alargó su brazo y con el dedo índice señaló un punto del mapa.

—Aquí está mi país —le dijo.

—¿Es bonito? —se le ocurrió preguntar a Miguel.

—Es el más bonito de la Tierra —aseguró Casilda, y reanudó su tarea.

Este mes os giro algo menos de dinero. No es que me encuentre sin trabajo o que haya ganado menos; pero he tenido que comprarme un vestido y unos zapatos, los que tenía se me caían de viejos. Ahorro todo lo que puedo, que ni siquiera en comer me gasto dinero, pues como en la casa donde trabajo, y hasta meriendo antes de marcharme por la tarde, y la merienda casi me sirve de cena.

MIGUEL iba a gritarle algo a Casilda, iba a decirle que su madre tenía los armarios llenos de ropa y de zapatos que no usaba y que… Pero comprendió que sólo era un bolígrafo y que por mucho que se esforzase, ella no podría oírlo. Además, comenzó a sentir un nudo en el estómago.

"¿En el estómago?", se preguntó. "Pero, ¿los bolígrafos tienen estómago?".

Trabajo todos los días, de lunes a sábado, y los domingos descanso. Durante los domingos no hago nada de particular: dormir mucho, acicalarme el pelo, hablar con mis compañeras de piso… Por la tarde, después de comer, nos vamos a una plaza no muy grande, con bancos y con algunos árboles que dan un poco de sombra.

Mi carta en esta ocasión tendrá que ser corta, pues os estoy escribiendo desde la casa donde trabajo. Ya sé que no está bien dejar las labores para escribir una carta, pero tenía tantas ganas de hacerlo, tantas ganas de acercarme a vosotros, aunque sólo sea con el pensamiento y la ilusión, que no he podido contenerme. Pronto, os escribiré de nuevo y entonces os contaré muchas cosas.

EL NUDO en el estómago de Miguel había ido creciendo y creciendo y era ya tan grande que tenía la sensación de que ocupaba la totalidad de su cuerpo. Entonces se le ocurrió una idea. Aunque hablase a gritos, Casilda no iba a oírlo; pero, ¿y si intentaba moverse entre los dedos de la asistenta y conseguía escribir algo en aquel papel? Sí, claro, le escribiría a Casilda que no se preocupase por las labores de la casa, que era mucho más importante que escribiese la carta, que daba igual si algo quedaba por hacer, incluso él le ayudaría a terminarlo.

Comenzó a hacer grandes esfuerzos con todo su cuerpo. Primero a un lado, luego a otro. Tuvo la sensación de que el bolígrafo llegó incluso a moverse un poco entre los dedos de Casilda y trazó un pequeño garabato sobre el papel. Pero la reacción de la asistenta fue inmediata: apretó el bolígrafo con más fuerza y lo separó de la cuartilla. Los esfuerzos denodados de Miguel eran inútiles.

En la casa donde trabajo hay un niño que se llama Miguel, es más pequeño que Bernardo y mayor que Amalia, Nicolás y Bertita. Algunas tardes jugamos un rato. A él le gusta jugar conmigo y a mí me gusta jugar con él, porque cuando lo hago pienso que estoy jugando con vosotros. Durante unos minutos me hago la ilusión de que os tengo a mi lado. Lo malo es cuando termina el juego y regreso a casa, entonces la realidad me parece una montaña tan grande como la cordillera entera de los Andes, y se me cae encima y me aplasta.

MIGUEL, al sentirse aludido, notó como el nudo del estómago le estallaba dentro de su cuerpo y una extraña emoción se apoderaba por completo de él. Esa misma emoción hizo que una lágrima desbordase sus párpados.

Casilda notó en aquel mismo momento que el bolígrafo de propaganda que le habían dado en el banco, por su punta dorada y cónica, echaba un goterón de tinta, que caía sobre el papel.

—¡Vaya! —exclamó—. Estos bolígrafos de propaganda no valen para nada.

Pero no tenía tiempo de repetir la carta en una cuartilla limpia, por eso se despidió de los suyos con un millón de besos, dobló el papel y lo metió en el sobre.

Mientras Casilda escribía la dirección en el sobre, Miguel hizo un esfuerzo por contener otra lágrima que también quería saltar de sus ojos.

EL RESTO del día fue realmente aburrido. Miguel lo pasó sobre el frigorífico, dentro de esa pequeña ranura, junto a la carta que había escrito Casilda y que sin duda echaría al correo esa misma tarde, al lado de la libreta de ahorros del Banco Planetario y otros papeles doblados, sujeto por una goma elástica.

Y se aburrió tanto allí, sin hacer nada, que al final se quedó dormido. Soñó con la cordillera de los Andes y con un lugar en el que vivían cuatro hermanos llamados Bernardo, Amalia, Nicolás y Bertita. Bernardo era algo más mayor que él, y Amalia, Nicolás y Bertita eran más pequeños. Los cinco jugaban a cosas muy divertidas, y corrían por unos campos muy verdes, y se bañaban en la orilla de un río muy ancho.

Se despertó de golpe y porrazo, de auténtico porrazo.

—¡Mira por donde vas! —le dijo Mario.

—¡Eh! ¿Qué ha pasado? —preguntó Miguel muy confuso.

—No se puede andar con los ojos cerrados —continuó Mario frotándose la cabeza—. Me has dado un cabezazo muy fuerte.

Entonces Miguel se tocó la frente. A él también le dolía. Miró a su alrededor y descubrió el patio del colegio. Sin duda, era la hora de salida y los niños y niñas, en tropel, se dirigían hacia la calle.

Mario dejó un momento su cartera en el suelo y sacó de su bolsillo un paquete de cromos de futbolistas. Le enseñó al delantero centro Zenón.

—¡Zenón! —exclamó Miguel.

—Lo tengo repe —dijo Mario con un poco de orgullo.

—Te lo cambio.

—Tendrás que darme cinco por él.

—Trato hecho. Mañana te los traigo.

—Esperaré sólo hasta mañana.

—No vayas a cambiárselo a otro. Te aseguro que mañana te traigo los cinco.

Mario reanudó la marcha y Miguel se quedó pensando por un instante en Zenón. Era su delantero centro preferido, el máximo goleador de la Liga. Un cromo realmente importante y difícil de conseguir. Pagar cinco por él no era un precio excesivo.

Su madre le hizo señas desde la puerta y él corrió a su encuentro. Y como el día anterior, no se atrevió a decirle nada de lo que le había pasado, sobre todo, porque estaba seguro de que ella no iba a creer ni una sola palabra. ¿Quién podía creerse algo semejante?

CUANDO llegaron a casa, Casilda y Miguel jugaron un rato. A él se le hacía extraño el juego. Ella era la misma de siempre, con la sonrisa esculpida en el rostro tostado. Pero él la conocía mejor y, por consiguiente, la quería más. Y eso cambiaba todo. Además, sabía que a Casilda aquel inocente juego le recordaba a sus hijos.

Ella notó que el muchacho no era el de siempre y lo achacó a que estaría cansado. Por eso, después de unos minutos, amplió la sonrisa de su rostro y le dijo:

—Otro día continuaremos.

Eran tantas cosas las que se agolpaban en su mente, que Miguel fue incapaz de reaccionar. Observó cómo la asistenta se dirigía a la cocina, cogía sus papeles, entre los que estaba el sobre con la carta, y se dispuso a marcharse.

Miguel señaló entonces el bolígrafo de plástico.

—Es el mismo que se te cayó esta mañana.

—Sí —le confirmó Casilda—. Es un bolígrafo de propaganda. Es muy malo.

—¿Por qué es malo? —preguntó Miguel.

—Echa borrones de tinta.

—No son borrones de tinta, Casilda, te lo aseguro.

—¿Entonces qué son?

—No puedo decírtelo, pero te aseguro que no son borrones de tinta. Algún día te lo contaré todo, pero lo más seguro es que no me creas.

Casilda pensó que Miguel estaba inventando una historia de esas que a los niños les gusta inventar de vez en cuando. Se agachó ligeramente y le dio un beso.

—Hasta mañana, Miguel.

—¿La cordillera de los Andes es muy grande? —le preguntó de pronto Miguel.

—Grande es poco. Es… es…

—¿Inconmensurable? —era una palabra que Miguel acababa de aprender y que le había gustado.

—No sé muy bien lo que significa "inconmensurable". Pero seguro que los Andes son mucho más que inconmensurables. ¿Y por qué me lo preguntas?

—Pensaba en lo que podría sentir una persona si la cordillera de los Andes se le cayera encima y lo aplastase.

Casilda sintió un estremecimiento que le recorrió todo el cuerpo. Se quedó mirando fijamente a Miguel. Luego, nerviosa, salió de la casa y se marchó.

MIÉRCOLES

EL MIÉRCOLES Miguel se despertó muy temprano sin necesidad de que lo llamasen. Su sueño era tan ligero, que incluso escuchó los pasos de su padre cuando salió de su habitación, a pesar de que iba en zapatillas. Saltó de la cama al instante y enrolló un poco la persiana: aún era noche cerrada.

—Pero, ¿adónde vas? —le preguntó su padre sorprendido.

—Ayer te dije que me levantaría para despedirte.

—Todavía tardaré un rato en marcharme. Anda, vuelve a la cama.

—Ya se me ha pasado el sueño.

El padre de Miguel se marchaba a Londres. Era uno de esos viajes que hacía a menudo con la empresa donde trabajaba. Su avión salía a las nueve de la mañana, pero debía estar una hora antes en el aeropuerto.

—¿Londres es una ciudad bonita? —le preguntó Miguel.

—Sí, mucho.

—¿Y qué me vas a traer de Londres?

—Pues… no lo sé. ¿Qué quieres que te traiga?

Durante unos instantes Miguel estuvo pensando en qué cosa podría traerle su padre de Londres. Repa-

só mentalmente sus juguetes, sus juegos electrónicos, su ropa deportiva, su ropa normal… Realmente tenía de todo.

—No sé —respondió al fin—. Esta vez podrías traerle algo a Casilda.

—¿A Casilda? —se extrañó el padre—. ¿Y qué puedo traer yo a Casilda?

—Unos zapatos, o un vestido…

Pero en ese preciso instante recordó las extrañas cosas que le estaban ocurriendo desde que el domingo había conocido a aquel misterioso vagabundo en el centro comercial. Era muy probable que volviera a convertirse en el primer objeto en que se fijase con atención, como decían los versos escritos hace más de cien años por aquel poeta llamado Walt Whitman. Por tanto, debería tener mucho cuidado y tomar precauciones. Cerró los ojos con fuerza y a tientas avanzó hasta su habitación.

Desayunó con sus padres en la cocina sin apenas abrir los ojos. Pensaba que si, por ejemplo, miraba la corbata de su padre, se convertiría sin remedio en corbata y viajaría con él hasta Londres. Y, por supuesto, no le importaría viajar a Londres, pero no convertido en corbata.

—Quieres abrir los ojos —le reprochó en una ocasión su madre.

—Es que tengo mucho sueño —se excusó Miguel—. Se me cierran solos.

—Eso te ocurre por haberte levantado tan temprano.

Cuando terminó de desayunar, el padre solicitó un taxi por teléfono. No habían transcurrido ni dos minutos cuando oyeron el bocinazo del taxi que ya esperaba junto a la puerta. El padre besó a su mujer y a su hijo, cogió la maleta y salió de casa apresuradamente.

MIGUEL subió a su cuarto para coger la cartera con las cosas del colegio y no se le olvidó sacar de un cajón de su mesa de escritorio un taco de cromos repetidos de futbolistas. Por supuesto, todo lo hizo sin abrir los ojos. En su habitación era capaz de moverse a ciegas y no necesitaba ver los objetos para saber dónde estaban colocados.

Su madre lo esperaba junto a la puerta de la calle.

—¿Todavía sigues dormido? —le dijo al verlo.

—Sí.

—Deja ya de jugar. Acabarás tropezando y cayéndote al suelo.

Miguel se agarró al brazo de su madre y juntos atravesaron el pequeño jardín. Al abrir la cancela se encontraron con Casilda que, como de costumbre, llegaba puntual a la casa.

—Buenos días, señora. Buenos días, Miguel.

Miguel reconoció su voz de inmediato.

—Buenos días, Casilda —la saludó—. Perdona que no abra los ojos, pero es que no puedo. Un día te explicaré por qué, aunque no sé si lo entenderás.

La madre de Miguel cruzó una mirada con Casilda y negó repetidas veces con la cabeza:

—Cuando le da por hacer el tonto no hay quien lo supere —dijo mientras tiraba del brazo de su hijo.

—Cosas de niños —le disculpó Casilda.

Miguel se sintió tan indignado que prefirió no decir nada. Por supuesto, ni estaba haciendo el tonto ni lo que le ocurría era cosa de niños. Pero… ¿cómo explicárselo? Estaba convencido de que aunque se lo contase con pelos y señales no le creerían.

En cuanto el coche de su madre se puso en marcha, volvió a recordar a Loren y Chiqui.

—¿Podrías hacerme un favor? —le preguntó a su madre.

—¿Qué favor? —preguntó también ella.

—Avísame cuando lleguemos al semáforo que está cerca del colegio, en el que están esa pareja de chavales que limpian los cristales y venden pañuelos.

La madre miró de reojo a su hijo.

—¡Qué pesadito te pones! ¡Abre de una vez los ojos!

—De verdad que no puedo. Es decir, podría abrir los ojos ahora mismo si quisiera. Pero entonces podría fijarme sin darme cuenta en alguna cosa y…

Miguel, consciente de que sus palabras en lugar de aclarar las cosas las estaban embarullando mucho más, se calló y permaneció en silencio.

—¡Ahora! —dijo la madre al cabo de un rato.

El coche se había detenido. La expresión de su madre sólo podía significar que ella le había hecho caso y le avisaba de que habían llegado al semáforo. De inmediato, bajó el cristal de la ventanilla y asomó por ella medio cuerpo.

—¡Chiqui! —gritó con los párpados bien apretados—. ¡Por favor, no desinfles la rueda! ¡Ahora no! ¡Por la mañana siempre vamos con prisa! ¡Hazlo por la tarde, cuando volvamos, entonces no me importará! ¡Chiqui, no lo hagas!

La madre tiró de su hijo, hasta colocarlo correctamente en el asiento y arrancó porque la luz verde del semáforo se había encendido.

—¡Como vuelvas a hacerlo…! —la madre comenzó una amenaza que no supo cómo terminar.

Miguel se limitó a resoplar con satisfacción al comprobar que el coche seguía su marcha sin problemas.

ATRAVESÓ el patio del colegio con la cabeza baja y los ojos prácticamente cerrados. Apenas dejaba pasar entre sus párpados una pizca de luz, lo suficiente para controlar el suelo que pisaba y no chocarse con nada. Se colocó en la fila, junto a sus compañeros de clase y prácticamente a empujones, pues sus amigos también pensaron que estaba jugando a alguna cosa, llegó hasta el aula. A tientas alcanzó su pupitre y se sentó. Fue entonces cuando respiró profundamente. Llegar a ciegas hasta su pupitre le pareció una auténtica proeza.

Pensó entonces que a primera hora, como tenían clase con el Acordeón, podría permanecer con los ojos cerrados sin problema. El Acordeón era don Alfonso, y don Alfonso era muy viejo y estaba a punto de jubilarse; oía mal, veía peor, cojeaba al andar, le temblaba un brazo y siempre tenía la cabeza torcida hacia un lado. Además la piel de su rostro, de un color indefinido entre amarillo, ocre y violeta, se le desparramaba hacia el cuello formando un sinfín de pliegues. De ahí el apodo –cruel como casi todos los apodos– de "Acordeón".

No había peligro con el Acordeón. Lo malo sería cuando cambiasen de asignatura y llegase un nuevo profesor.

Miguel se acordó entonces de Mario. ¿Le habría traído el cromo de Zenón, su delantero centro preferido, el máximo goleador de la Liga? Giró la cabeza despacio hacia el pupitre de Mario y abrió ligeramente los ojos. Lo que vio le dejó desolado: el pupitre se encontraba vacío, lo que significaba que Mario, como de costumbre, había faltado a clase.

Mario era un chico distinto a los demás, que se comportaba de manera desconcertante para todos, incluidos los profesores. Faltaba a clase cada dos por tres, y sin motivo ni justificación. Se comentaba que el director del colegio había llamado en varias ocasiones a sus padres, pero ellos nunca acudían a la cita y Mario se dedicaba simplemente a hacer lo que le daba la gana. Si no lo habían expulsado ya del colegio era porque la asistente social del barrio siempre lo había impedido.

Mario nunca atendía en clase, ni hacia los deberes, ni se aprendía la lección, ni participaba en las actividades… Pero eso sí, tampoco alborotaba. Se limitaba a pasar las horas de clase sentado en su pupitre, mirando y remirando su colección de cromos de futbolistas o dibujando en los cuadernos, porque, eso sí, dibujaba de maravilla.

Mario tenía mala fama. La mayoría de los chicos no querían jugar con él y aseguraban que vivía en una zona de casuchas que había al final de la gran avenida que atravesaba todo el barrio, donde la ciudad terminaba y unos cerros descarnados señalaban el comienzo de algo parecido al campo. Aseguraban también que sus padres eran delincuentes y cada dos por tres estaban en la cárcel.

Miguel, sin embargo, hablaba a menudo con Mario. Los dos compartían la misma pasión por el delantero centro Zenón, al que adoraban, y solían comentar las jugadas de los partidos en los que éste había destacado.

—¡Qué golazo de cabeza le metió al Inter de Milán en la *Champion Leage*!

—Yo prefiero el del domingo, desde fuera del área, por la escuadra. El portero ni se enteró.

Además, Miguel se quedaba boquiabierto cuando Mario comenzaba a dibujar. A veces se había pasado el recreo entero a su lado, observando cómo llenaba de dibujos su cuaderno de matemáticas.

—No vas a dejar sitio para hacer los problemas.

—No los hago nunca —Mario sonreía y se encogía de hombros.

—Dibuja a Zenón tirando un penalti. Dibuja un barco de vela. Dibuja un caballo. Dibuja un árbol. Dibuja una moto.

Y Mario, encantado, no cesaba de dibujar.

MIGUEL, sin darse cuenta, comenzó a pensar en el cromo de Zenón. Mario se lo había enseñado la tarde anterior y lo recordaba perfectamente. El delantero centro estaba sobre la alfombra verde del césped, con su pie derecho apoyado en el balón y los brazos en jarras. Lo veía con toda claridad e incluso se imaginaba que él mismo se había convertido en el futbolista y posaba ante los fotógrafos antes de comenzar un partido. ¡Era el cromo más deseado de toda la colección!

De pronto, Miguel se sintió raro, como mareado. Al principio lo achacó al hecho de llevar mucho tiempo sin abrir los ojos, pero enseguida comprendió que se trataba de otra cosa. Era la misma sensación extraña que había sentido los días anteriores, y se apoderaba de él sin remedio. Su cuerpo se volvía tan ligero como una pluma que el viento zarandea de un lado a otro.

—¡Otra vez no! —exclamó.

Un misterioso torbellino creció a su alrededor y lo transportó a velocidad de vértigo hasta… hasta…

—¿Dónde estoy? —se preguntó en voz alta al abrir los ojos.

Lo que tenía delante parecía un enorme trozo de tela, como una sábana o algo parecido. Por los laterales y la parte inferior estaba cosida a otra tela; sin embargo, por la parte superior había una abertura grande por la que podía ver algunas cosas. Observó con curiosidad y llegó a la conclusión de que estaba viendo el techo de una habitación, un techo desconchado y con manchas de humedad del que colgaba una bombilla desnuda y amarillenta.

—¡Mario! ¡Mario!

Miguel oyó perfectamente que alguien pronunciaba ese nombre, sin embargo nadie respondía a la llamada.

—¡Mario! ¿Dónde te has metido?

Miguel volvió a mirar hacia arriba cuanto pudo y por la abertura en la tela descubrió el perfil de su compañero de clase. Lo veía con dificultad, de abajo arriba. Se sintió totalmente desconcertado, pues no acertaba a comprender dónde se encontraba. Luego, trató de descubrir su propio cuerpo y entonces las cosas comenzaron a aclararse. En realidad su cuerpo no era el suyo, sino el de un futbolista, que por las trazas no podía ser otro más que Zenón.

De pronto, lo comprendió todo.

—¡Me he convertido en el cromo de Zenón! —gritó angustiado—. ¡Y si no me equivoco me encuentro dentro del bolsillo de la camisa de Mario!

En ese instante, dos hombres entraron en la habitación. Uno de ellos se acercó a Mario, lo cogió por un brazo y lo zarandeó.

—¡Sal de aquí! —le gritó.

—¡No quiero, no quiero, no quiero! —repetía Mario sin convicción.

—¡Que salgas te he dicho!

Aquel hombre llevó a Mario a rastras desde la habitación hasta una calle estrecha, llena de baches y socavones, flanqueada por los restos de algunos electrodomésticos, amontonados de cualquier manera. Desde el bolsillo de aquella camisa, Miguel pudo divisar los cerros de los que algunas veces había oído hablar, esos cerros que eran como una frontera inquietante y miserable que casi todo el mundo prefería ignorar.

—¡No quiero! —gritó Mario.

—¡Obedece a tu padre! —gritó aún más el hombre—. ¡Harás lo que te diga!

—Pero… tengo que ir al colegio —insistió Mario.

—Ya irás otro día.

Los dos hombres y Mario se dirigieron hasta una furgoneta destartalada y sucia. El muchacho entró por la puerta trasera y se sentó en el suelo, pues aquella furgoneta no tenía más asientos que los delanteros, los que habían ocupado su padre y el otro hombre.

Tras varios intentos, y cuando parecía que aquel motor nunca se pondría en marcha, el vehículo comenzó a temblar de manera desacompasada, luego dio un par de sacudidas violentas y, envuelto en una nube de humo apestoso, comenzó a moverse con dificultad, sorteando los baches y los socavones de la calle.

MIGUEL no podía entender qué hacía Mario dentro de aquella vieja furgoneta, en compañía de su padre y de otro hombre. No podía entender que lo hubieran obligado a la fuerza a acompañarlos.

Además, le parecía sorprendente que Mario, ese chico distinto, con mala fama, pésimo estudiante, que se pasaba el día dibujando en los cuadernos, suplicase a su padre ir al colegio. A cualquier otro muchacho de su edad no le hubiera importado faltar un día a clase para marcharse con su padre de excursión. Pero, ¿realmente iban de excursión en aquella furgoneta?

Mario permanecía sentado, ligeramente inclinado hacia delante. Gracias a ello, Miguel disponía de una visión más amplia; podía ver casi todo el espacio interior de la furgoneta y, lo que era más importante, la cara de Mario. Y en la cara de Mario descubrió algo que lo estremeció: dos lágrimas surcaban sus mejillas, zigzagueaban por la piel de su rostro y acababan por precipitarse al vacío desde su barbilla, una barbilla que temblaba, y no precisamente por las sacudidas del vehículo.

—¿Qué te ocurre? —le preguntó Miguel—. Mario, ¿qué te ocurre? Soy yo, Miguel, y estoy en el bolsillo de tu camisa.

Por un momento, Miguel pensó que Mario había oído sus palabras, ya que éste cogió el cromo y se quedó mirándolo con fijeza.

—¡Sí, Mario, sí! —gritó eufórico—. ¡Soy yo, Miguel! Aunque te parezca mentira me he convertido en Zenón, es decir, en el cromo de Zenón. No sé por qué me ha ocurrido, ni yo mismo puedo entenderlo; pero es algo que me está pasando desde que el domingo me encontré con un vagabundo muy extraño en el centro comercial. Creo que él tiene la culpa de todo, pero...

Miguel se dio cuenta de que Mario, aunque no dejaba de mirar el cromo, permanecía ajeno a sus palabras.

—¡Mario! ¡Mario!

Gritó dos veces con todas sus fuerzas aquel nombre, y no pudo gritar una tercera porque una lágrima de Mario le cayó justo encima de la cabeza.

—¡Socorro! ¡Que me ahogas!

Mario limpio la lágrima del cromo y lo sopló despacio para secarlo un poco. Luego, comentó en voz baja:

—Si se me estropea, Miguel no me dará cinco cromos por él.

Miguel no volvió a intentarlo y permaneció mudo, sabedor de que sus esfuerzos por comunicarse con el compañero siempre resultarían baldíos.

LA FURGONETA se detuvo en un callejón sin salida, que daba a una calle estrecha, muy arrimado a la pared medianera de un edificio. Al instante, se abrió el portón trasero y el padre, de forma autoritaria, se dirigió a Mario.

—¡Vamos! ¡No podemos perder ni un segundo! ¡Y deja de lloriquear de una vez, o te daré una bofetada para que llores por algún motivo!

El otro hombre se había colocado al final del callejón, en la esquina con la calle, y su misión parecía muy clara: vigilar y, en caso de peligro, dar la voz de alarma.

Con gran agilidad, el padre de Mario se subió al techo de la furgoneta y haciendo palanca con un gran destornillador arrancó una rejilla metálica que había en la pared, luego hizo señas a su hijo. Mario se encaramó también al techo del vehículo y luego a los hombros de su padre. Desde allí trató de introducirse por el agujero que había quedado a la vista.

—¡No puedo, es muy pequeño! —se quejaba Mario, al sentir que los bordes se le clavaban en los hombros y los costados.

—¡Sí puedes! —le replicaba el padre sin dejar de empujarlo con todas sus fuerzas—. Y recuerda bien lo que te he dicho: tienes media hora justa para hacerlo.

Finalmente, el cuerpo de Mario quedó introducido en un hueco circular, tan estrecho que apenas le permitía moverse. Miguel, apretujado en el bolsillo de la camisa, sentía el corazón de su compañero latir como un caballo desbocado.

Haciendo grandes esfuerzos, despellejándose los antebrazos, los hombros y las rodillas, Mario avanzaba poco a poco, como un reptil aprisionado en una madriguera demasiado estrecha.

Estuvo por lo menos diez minutos dentro de aquel túnel y cuando al fin su cabeza consiguió asomar a un espacio abierto, cogió aire con tanta ansiedad que daba la sensación de que había permanecido todo ese tiempo sin respirar. Salió con la misma dificultad y se dejó caer hasta el suelo de lo que parecía un patio interior, pequeño y poco iluminado, en el que se apilaban contra las paredes torres de cajas de madera y de plástico, de esas que suelen utilizarse para transportar fruta u otro tipo de comida. También había muchos cartones, doblados y amontonados.

Miró a un lado y a otro, luego se dirigió hacia una puerta de hierro e intentó abrirla varias veces. Al comprobar que estaba cerrada, sacó del bolsillo de su pantalón un juego de ganzúas y comenzó a hurgar con ellas en la cerradura. No tardó ni un minuto en abrir la puerta.

Se deslizó por un pasillo ancho y larguísimo, salpicado de cajas y plataformas de madera, algunas con alimentos envasados y otras con productos de limpieza. A la derecha había varias puertas y podían oírse muchos ruidos, sobre todo conversaciones difusas, murmullos y una monótona voz grabada que enumeraba las ofertas del día.

Miguel comprendió que se encontraban en la trastienda de uno de esos pequeños supermercados de barrio que venden un poco de todo. No podía comprender qué hacía Mario allí; pero, claro, tampoco podía comprender qué hacía él convertido en cromo dentro de su camisa.

Miguel podía sentir perfectamente el estado de agitación de Mario, ya que todo su cuerpo, a pesar de que se movía con sigilo, temblaba en gran tensión. Sintió también cómo forzaba la puerta de un despacho y cómo entraba en él. Había una mesa grande de escritorio, un ordenador y montones de carpetas archivadoras sobre una estantería de madera. Mario se dirigió a la mesa y de nuevo tuvo que hacer uso de las ganzúas para abrir la cerradura. A continuación rebuscó por los cajones hasta que encontró una caja de caudales de tamaño mediano. La apretó contra su pecho y salió del despacho.

Recorrió el pasillo deprisa y volvió al patio interior. Introdujo la caja de caudales por el agujero y luego él mismo, como un gato, aferrándose a los ladrillos de la pared, se introdujo por él. Y tenía tanta prisa por salir de aquel lugar, que no le importaba arañarse la cara y desollarse los brazos. Gateaba a duras penas, empujando con la punta de sus dedos la caja de caudales, que siempre avanzaba delante de él, empapado en sudor, temblando de miedo de pies a cabeza.

Desde el exterior, su padre cogió la caja de caudales y la depositó sobre el techo de la furgoneta. Luego agarró a su hijo por los brazos y tiró de él con fuerza hasta sacarlo del agujero. Antes de bajarse de un salto, colocó de nuevo la rejilla en su lugar. Luego silbó para que el hombre que continuaba vigilando en el extremo del callejón supiese que habían terminado y que había llegado el momento de escapar a toda velocidad.

En unos segundos, los tres se encontraron de nuevo dentro de la furgoneta. El padre de Mario y el otro hombre, delante, riendo a carcajadas por el éxito de la

operación. Las risas cesaron cuando forzaron la caja de caudales y la encontraron llena de billetes. La visión del dinero los dejó mudos durante un instante.

Mario, en la parte de atrás, sentado en el suelo y con la espalda apoyada contra uno de los laterales, seguía temblando porque se había apoderado de su cuerpo una tiritona que lo convulsionaba de pies a cabeza. Las lágrimas, junto al polvo y a la sangre de los rasguños, convertían su rostro en la más patética de las estampas. Se llevó una mano al bolsillo de la camisa y sacó el cromo. Lo miró un instante y comentó entre dientes.

—Se ha estropeado.

—Tú no tienes la culpa —le dijo Miguel, a sabiendas de que sus palabras no serían oídas—. No te preocupes por el cromo, te daré cinco aunque esté estropeado.

EL RESTO de aquella jornada fue muy monótono. De nuevo en su casa, Mario se encerró en una habitación, sacó un cuaderno y comenzó a dibujar. Y dibujó durante horas, sin parar ni un momento, sin moverse de la silla. De vez en cuando, Miguel podía ver los dibujos desde el bolsillo, y no eran dibujos de futbolistas tirando penaltis, ni de caballos corriendo por una pradera, ni de naves espaciales. Eran dibujos oscuros, muy oscuros, en los que apenas se distinguía la silueta de un niño con unos ojos grandes, muy abiertos, unos ojos que daban escalofríos mirarlos.

Cuando al cabo de varias horas Miguel comenzó a experimentar una sensación extraña, no se inmutó. Sabía ya por experiencia lo que eso significaba: dejaría de ser un cromo y volvería a ser el niño de siempre. Y en ese instante sintió pena por tener que abandonar a Mario, ya que le hubiera gustado quedarse a su lado, haciéndole compañía, aunque él no se diera cuenta.

Volvió a sentir esa especie de remolino que lo envolvía por completo y lo trasladaba dentro de una nube de un lado a otro. Cerró los ojos y, cuando los abrió, se encontraba en el patio del colegio, frente a su madre, que le hacía señas con la mano desde el otro lado de la verja.

JUEVES

MIGUEL durmió fatal aquella noche. Se despertó en varias ocasiones y sus propios pensamientos, que saltaban sin orden de un asunto a otro, le impedían conciliar de nuevo el sueño, como era su deseo.

A veces pensaba en su padre, al que se imaginaba paseando por Londres después del trabajo, por una calle repleta de tiendas con grandes escaparates. Otras veces pensaba en Casilda, a la que se imaginaba en un pueblo de la cordillera de los Andes –¡tan lejos!– abrazando a su marido y a sus cuatro hijos. También recordaba el rostro de Mario atravesado por lágrimas y sus dibujos oscuros con niños de ojos enormes. Y envolviéndolo todo, la imagen de aquel vagabundo que el domingo por la tarde había encontrado en el gran centro comercial, con su pelo largo y blanco, su barba espesa, sus ropas remendadas y aquel sombrero que le daba un aire entre antiguo y estrafalario.

Miguel se incorporó y se quedó sentado sobre la cama. Al rato, su madre asomó medio cuerpo por la puerta entreabierta.

—¿Aún estás despierto? —se sorprendió.

—Me había dormido, pero… me he despertado —trató de justificarse Miguel.

—Pues duérmete de nuevo, tienes que descansar mucho.

La madre se dio la vuelta e iba a salir de la habitación cuando la voz de su hijo la retuvo un instante.

—¿Tú crees que todo lo que pone en los libros es verdad?

—A veces sí, a veces no —reflexionó ella—. La mente de un escritor imagina muchas cosas que no tienen nada que ver con la realidad.

—Si, por ejemplo, un libro dice que un niño cuando sale de su casa por la mañana se queda mirando un árbol y de repente se convierte en ese árbol…

—Eso es fantasía —se apresuró a aclararle la madre.

—Y si es fantasía, ¿no puede ocurrir en la realidad?

—Claro que no.

La madre le lanzó un beso con la mano y salió de la habitación. Miguel se arrebujó entre las sábanas, pensando que su madre no entendía lo más mínimo de libros. Repitió una y otra vez unos versos, con la esperanza de que la reiteración lo condujese hasta el sueño:

Había un niño que salía todos los días,
y el primer objeto que miraba,
en ese objeto se convertía.

EN CONTRA de lo que solía ocurrirle, cuando su madre lo despertó por la mañana, saltó de la cama como si un alfiler se le hubiera clavado en el trasero. Se encontraba aturdido, y por eso se sentó en el borde del colchón, para tratar de hilvanar un poco sus propios pensamientos antes de incorporarse del todo, ya que tenía la sensación de que su mente se había convertido en un galimatías.

—Me llamo Miguel —comenzó a hablar en voz alta—, vivo con mis padres en una casa muy grande. Mi padre está en Londres y mi madre debe de estar en el cuarto de baño. Dentro de un rato llegará Casilda, que es la asistenta, y yo me iré al colegio. Me llevaré los cromos repetidos para darle cinco a Mario por el de Zenón, eso si Mario va al colegio, que si no…

La madre, boquiabierta, lo observaba desde la puerta.

—¿Qué estás diciendo? —le preguntó muy sorprendida.

Miguel se levantó de golpe, se calzó las zapatillas con extraordinaria destreza, sorteó a su madre y se dirigió hacia el cuarto de baño.

—Se trata de… de… ¡un juego para desarrollar la memoria! —dijo.

La madre se encogió de hombros y luego negó con la cabeza un par de veces.

Sentado sobre la taza del váter, primero, y frotándose el cuerpo con jabón bajo el chorro tibio de la ducha, después, Miguel continuaba dándole vueltas y más vueltas a sus pensamientos. Había sobre todo una cosa que lo desconcertaba y que además le impedía tomar cualquier tipo de medida para evitar que le ocurriese lo que decía el poema de Walt Whitman, es decir, convertirse en lo primero que mirase cada mañana. Recordaba cómo el día anterior se había convertido en un cromo sin llegar a verlo, tan sólo pensando en él. Eso significaba que podía convertirse en cualquier cosa, sólo era preciso que su pensamiento se detuviera por un momento en un recuerdo y…

—¡Oh, no! —se lamentó.

Y desde ese instante procuró no pensar en nada. Hacía esfuerzos continuados por dejar su mente en blanco, pero cuanto más se esforzaba más difícil le parecía conseguirlo.

—¿Y si me convierto en algo extraño o absurdo? —se preguntaba angustiado, mientras se vestía.

AQUELLA mañana Casilda había llegado un poco antes, pues tenía que acompañar a Miguel hasta el colegio. Su madre no podía hacerlo, ya que debía resolver un asunto urgente en el trabajo que la obligaba a marcharse antes de lo habitual.

Cuando entró en la cocina, la asistenta le estaba preparando el desayuno.

—Buenos días, Miguel —le saludó.

—Buenos días, Casilda.

—Hoy te toca ir andando hasta la escuela, así que desayuna deprisa.

—¿Tú no sabes conducir, Casilda?

—No.

—¡Qué pena! Si supieras, podías coger el coche de mi padre. Como él está en Londres no lo necesita.

—Qué cosas dices —sonrió Casilda.

—Es un buen coche, te gustaría conducirlo. Mi padre dice que tiene una estabilidad fabulosa.

La asistenta cambió el gesto y dio unas palmaditas.

—¡Vamos, vamos! ¡Date prisa o llegarás tarde a la escuela!

Miguel cayó en la cuenta de que estaba pensando sin querer en el coche de su padre y enseguida apartó aquel pensamiento de su mente. ¡De ninguna manera le gustaría convertirse en coche!

—No hace falta que me acompañes al colegio. Puedo ir solo.

—Ya lo sé, pero tengo que comprar unas cosas en la droguería. Así que iré contigo

Ya camino del colegio, trató de dar algunas explicaciones a Casilda:

—No puedo pensar en ninguna cosa, ni tampoco puedo fijar mi vista en nada.

—¿Y eso por qué?

—Tampoco te lo puedo explicar.

—Me lo imagino.

—¿Te lo imaginas? —se sorprendió Miguel—. ¿Qué quieres decir?

—Pues imagino que se tratará de un juego, o de una apuesta que te has hecho a ti mismo, o de…

—¡Te equivocas! El asunto es muchísimo más complicado. De tan complicado como es, parece imposible. Todo lo que me ha ocurrido esta semana parece imposible.

—Podías probar a contármelo.

—Sí, quizá lo haga; pero antes respóndeme a una pregunta: ¿lo que pone en los libros es verdad y completamente cierto?

—Depende.

—Depende… ¿de qué?

—Todo lo que está escrito en los buenos libros es verdad y completamente cierto; pero lo que está escrito en los malos libros no lo es.

—¡Buf! —resopló Miguel—. Ahora me lo has complicado mucho más, pues debería saber si las poesías de Walt Whitman son buenas o malas. ¿Tú has leído poesías de Walt Whitman?

—No. Ni siquiera sé quién es.

—Entonces no hay solución.

—Yo creo que hay una manera de saber si una poesía es buena o mala.

—¿Cuál?

—Leerla con atención. Si los versos te conmueven, o te hacen reflexionar, o te emocionan…, entonces se trata de una buena poesía.

Durante unos instantes Miguel estuvo pensando en las palabras de Casilda. No sabía por qué, pero estaba seguro de que ella tenía razón. Lo malo era que sólo conocía los dos primeros versos de un poema y eso era insuficiente para saber si le gustaba o no. Pensó que cuando regresara su padre de Londres le pediría un libro con los poemas de Walt Whitman.

AL ATRAVESAR el pequeño jardín de la plaza de El Árbol Solitario, Casilda aminoró el paso y volvió ligeramente la cabeza hacia uno de los bancos, donde estaba sentada una niña de corta edad junto a una mujer que leía un libro. Luego, le dio un golpecito a Miguel con el codo, al tiempo que le decía en voz baja:

—Fíjate en aquella niña.

Instintivamente, Miguel volvió la cabeza y miró a la niña. De inmediato le llamó la atención su rostro: su piel negra brillaba con una intensidad sorprendente y sus ojos, grandes como dos lunas, miraban con fijeza alguna cosa que probablemente no se encontrase en las inmediaciones.

Aunque Casilda no le había dicho nada, Miguel intuyó que a aquella niña le sucedía algo, por eso preguntó:

—¿Qué le ocurre?

—Lleva más de un año sin hablar.

—¿Es muda?

—Nadie lo sabe.

—A lo mejor no entiende nuestro idioma.

—Han buscado a gente de su país, pero tampoco esas personas han conseguido nada.

—¿Cuál es su país?

—Me lo dijeron en una ocasión, pero he olvidado el nombre. Sé que está en el corazón de África.

Las últimas palabras de Casilda le impresionaron mucho a Miguel. "¡El corazón de África!". Por supuesto que entendía lo que significaba aquella frase, pero a él nunca se le hubiera ocurrido decirla.

—Casilda, ¿y cuál es el corazón de América? —le preguntó de pronto.

—Mi país, por supuesto.

—¿Por qué?

—Porque en él nace el Amazonas. Perú es el corazón, y el río es la artería que lleva la vida a todo el continente.

Le gustaba a Miguel la forma que tenía Casilda de decir las cosas. Hablaba de una manera muy sencilla, con palabras que todo el mundo podía comprender, pero al mismo tiempo esas palabras siempre le llenaban su cerebro de imágenes imprevistas y sorprendentes.

Antes de abandonar la plaza, Miguel volvió otra vez la cabeza para mirar a la niña que permanecía en el

banco, inmóvil, casi como una estatua. En ese instante
le asaltó una preocupación: tal vez había mirado con
demasiada insistencia a aquella niña, y eso, en sus circunstancias, podía significar que de un momento a
otro se convertiría en ella. Pero los versos que le dijera
el vagabundo, y que una vez más acudieron a su mente, lo tranquilizaron.

Había un niño que salía todos los días,
y el primer objeto que miraba,
en ese objeto se convertía.

Aquellos versos estaban muy claros. No hablaban de personas, sino de objetos, y el propio Miguel había tenido ocasión de experimentarlo. Hasta el momento se había convertido en camiseta, en bolígrafo y en cromo, pero nunca en otra persona. Por lo tanto, podía estar tranquilo.

AL LLEGAR a la puerta del colegio se despidió de Casilda y, mientras cruzaba el patio, pensaba que ese día había tomado menos precauciones que el anterior.

Se encontró a Mario junto a la puerta principal del pabellón y no pudo evitar un sentimiento de alegría, no tanto por el cromo que esperaba cambiarle, sino porque eso significaba que no había tenido que acompañar a su padre para robar otro supermercado. Se fijó en su rostro lleno de arañazos.

—Me caí ayer de la bicicleta —le dijo Mario, aunque él no le había preguntado nada.

—¿Me has traído el cromo de Zenón?

Mario sacó el cromo del bolsillo de su camisa y se lo mostró a Miguel.

—Se me ha estropeado. No hace falta que me des cinco por él.

Pero Miguel sacó el taco de sus cromos repetidos y se empeñó en que Mario eligiese cinco, tal y como habían pactado. Insistió en que no le importaba nada que el cromo de Zenón estuviera estropeado e, incluso, aseguró que hasta le parecía más bonito así. Mario cogió los cinco cromos y se encogió de hombros.

Y mientras entraban en el aula, porque el timbre acababa de sonar, Miguel le dijo algo a Mario.

—Yo sé cómo te hiciste esos arañazos. Lo sé, pero no puedo decírtelo. Es decir, podría decírtelo; pero tú no te lo creerías.

Mario se detuvo y se quedó mirando fijamente a Miguel, con un gesto de extrañeza reflejado en su rostro.

—¡Tú qué vas a saber! —exclamó al fin.

—Soy tu amigo, Mario. Si algún día te pilla la policía, yo iré a declarar a tu favor.

No pudieron seguir hablando porque don Alfonso, el Acordeón, les estaba diciendo que se sentarán de una vez. Miguel se volvió hacia su pupitre y por eso no pudo ver el rostro del compañero, que era la imagen viva del desconcierto.

EL ACORDEÓN se había presentado aquella mañana con bastón. Lo llevaba cuando un ataque de artrosis se cebaba especialmente en las articulaciones de sus maltrechas piernas y le impedía casi hasta caminar, y esto le sucedía cada vez con más frecuencia.

Miguel observó el tablero de su pupitre y después sus propios antebrazos, apoyados sobre él. Sintió una enorme satisfacción, pues empezaba a convencerse de que los fenómenos extraños habían cesado y ya no volvería a convertirse nunca más en otra cosa que no fuese él mismo.

Alzó la mirada y contempló al viejo profesor, que en esos momentos escribía algo con su mano temblona sobre la pizarra, haciendo grandes esfuerzos para que la tiza no se le escurriese entre los dedos. Pensó que seguramente él sabría quién era Walt Whitman y, si le preguntaba durante el recreo, tal vez le explicase algunas cosas de él y le diría si en realidad se trataba de un poeta importante o de un escritor sin ningún interés.

Pero enseguida Miguel desechó aquella idea. El Acordeón no le caía bien, era un viejo gruñón que protestaba por todo y que nunca sonreía. En realidad, a nadie caía bien aquel profesor y la mayoría de los alumnos estaba deseando que se jubilase para perderlo definitivamente de vista. Además de referirse siempre a él por el mote, muchos le hacían burla e imitaban su manera torpe de caminar, el temblor constante de su brazo y hasta el tono un poco desabrido de su voz.

El Acordeón terminó de escribir y les dijo que deberían copiar en sus cuadernos la frase de la pizarra. Miguel abrió el cuaderno por la primera hoja en blanco y cogió el bolígrafo. Y fue en ese preciso instante cuando comenzó a sentir algo extraño, una especie de malestar que invadía todo su cuerpo, una fuerza misteriosa que parecía levantarlo del suelo como si fuera una pluma, una nube densa que lo envolvía…

—¡Oh, no! —exclamó—. ¡Otra vez no!

Luego, asustado por aquel torbellino, cerró los ojos.

CUANDO al cabo de un rato volvió a abrirlos, descubrió frente a él un árbol grande en medio de un pequeño jardín, flanqueado por dos calles que al llegar al lugar se separaban un poco para conformar una pequeña plaza.

"Conozco este sitio", reflexionó Miguel. "He pasado muchas veces por aquí. Hace un rato, cuando me dirigía hacia el colegio, atravesé esta plaza con Casilda. Recuerdo que en uno de los bancos estaba sentada una niña de color que llevaba más de un año sin hablar".

Miró a un lado y a otro, en busca de aquella niña; pero no la vio. Luego, comenzó a recapacitar. Estaba claro que había vuelto a convertirse en algo, por eso había abandonado misteriosamente la clase para aparecer en medio de la plaza; pero, ¿en qué se había convertido en esta ocasión? Tenía que averiguarlo cuanto antes.

Volvió a mirar con ansiedad a un lado y a otro. Todo le parecía muy normal hasta que, de repente, bajó la mirada y descubrió unas manos colocadas sobre unas piernas.

Miguel estuvo a punto de desmayarse de la impresión. Aquellas manos tenían que ser sus propias manos, y aquellas piernas sus propias piernas, y sin embargo… ¡no lo eran! Las manos eran pequeñas, infantiles, y las piernas, largas y delgadas, asomaban bajo una falda corta. A simple vista había algo que las diferenciaba de las suyas: el color de la piel.

Impulsivamente, se incorporó de un salto, y al instante oyó una voz dulce a su lado.

—¿Necesitas algo, África?

Se volvió y descubrió a una mujer sentada en el banco, era una mujer de mediana edad que tenía un libro abierto sobre las rodillas y que lo miraba fijamente, esperando tal vez con vana ilusión una respuesta.

Entonces tuvo un presentimiento, y para saber si estaba en lo cierto o no, se levantó del banco y caminó despacio hacia un pequeño estanque que había en medio del jardín, apoyó sus manos en la barandilla de hierro e inclinó su cuerpo hacia adelante, hasta que la superficie del agua reflejó su imagen.

"¡Lo que me estaba temiendo!", pensó.

El agua reflejaba la imagen de una niña de raza negra, de rostro impenetrable, en el que unos ojos muy grandes y brillantes semejaban dos pozos de luz.

Miguel miró durante un buen rato aquella imagen, hasta que se convenció de que era su propio cuerpo, o más bien el cuerpo en el que se había metido, quien la estaba reflejando.

Desconcertado, regresó al banco al cabo de unos minutos y se sentó junto a la mujer, que volvió a mirarlo con dulzura y a preguntarle si quería alguna cosa.

Pensó que podría explicarle a aquella mujer lo que le estaba pasando. Era, sin duda, la persona ideal. Tal vez fuese la madre adoptiva de aquella niña, o su cuidadora; seguro que llevaba mucho tiempo esperando oírla hablar. Para ella sería una sorpresa enorme escuchar su voz, aunque fuese él quien articulase las palabras.

Decidido, se volvió hacia la mujer e intentó hablar; pero no lo consiguió. Repitió el intento una segunda vez, y una tercera, y una cuarta… Él también se había quedado mudo.

Entonces se cruzó de brazos y decidió permanecer así hasta que, como le venía ocurriendo, volviera a notar aquellas sensaciones tan extrañas y recuperara su propio cuerpo. Sólo era cuestión de tener un poco de paciencia.

PERO no había transcurrido ni un minuto, cuando notó que su mente, o la mente de aquella niña, se escapaba de la plaza y lo transportaba en un instante a un lugar que le resultaba por completo desconocido. Hacía muchísimo calor. El calor era tan intenso que tenía la sensación de que su cuerpo entero se iba a convertir de un momento a otro en una antorcha.

Se hallaba dentro de una cabaña pequeña y endeble, construida con vigas de madera y adobe y cubierta por un rudimentario tejado de caña. Un resplandor tremolante lo rodeaba por todas partes, lo que significaba que en el exterior se había producido un incendio y el fuego estaba muy próximo, quizá lamiendo ya la puerta que, poco antes, unos soldados enloquecidos habían descerrajado con las culatas de sus fusiles.

Podía escuchar, mezclados, gritos angustiosos de pánico, lamentos desesperados de las personas heridas y abandonadas a su suerte y el ruido incesante de los disparos junto a las explosiones producidas por las bombas de mano y los morteros.

Miguel sabía que no era él quien estaba tirando con todas sus fuerzas de aquel cuerpo ensangrentado para tratar de sacarlo de la cabaña en llamas, con la esperanza de que la vida aún no se le hubiera escapado del todo por las heridas. Sabía que en realidad era aquella niña, nacida en el corazón de África, la que había vivido esa espeluznante escena, que su mente ahora estaba recordando una vez más. Y a pesar de que lo sabía, no podía evitar una sensación de terror y angustia que casi lo dejaba sin aliento.

De pronto, un hombre abrió la puerta de la cabaña y cogió a la niña en brazos, obligándola a soltar el cuerpo inerte.

—¡Es inútil, está muerta! —le dijo—. ¡Tenemos que huir antes de que los soldados nos maten a todos!

Cogidos de la mano, rodeando las cabañas envueltas en llamas, saltando por encima de los cuerpos abatidos, corrían hacia la espesura de la selva, con la esperanza de que ésta los protegiera de la barbarie.

Cuando estaban a punto de alcanzar los primeros árboles, se escuchó una ráfaga de ametralladora y el hombre se desplomó, arrastrando a la niña en su caída.

Desde el suelo, sin moverse, abrazada al cuerpo aún caliente de su padre muerto, la niña volvió la cabeza hacia el poblado y descubrió su casa envuelta en llamas y se imaginó el cuerpo de su madre devorado por el fuego.

Entonces se incorporó un poco y miró a los soldados, que seguían disparando hacia todo lo que se moviese. Quiso gritar, decirles que le disparasen también a ella. Lo intentó, pero la voz, ese misterio que conforma los sonidos para convertirlos en palabras, la había abandonado.

MIGUEL tardó mucho tiempo en reaccionar y, cuando lo hizo, sólo fue capaz de sentir una profunda compasión y un enorme cariño hacia aquella niña. Sintió ganas de abrazarla con fuerza, pero, ¿cómo hacerlo estando dentro de su propio cuerpo y de su propia mente?

Comenzó a hablarle:

—No sé cómo te llamas, aunque recuerdo que la mujer que está sentada en el banco a tu lado te llamó África. Seguramente nadie sabe tu verdadero nombre y te llaman así porque llegaste de ese continente. Es un nombre bonito. Yo también te llamaré África. Me gustaría decirte muchas cosas, África, pero no encuentro las palabras. No quiero decir que me haya quedado mudo, como tú; pero creo que cualquier cosa que te dijera ahora no podría acabar con tu pena.

La niña se levantó del banco con un gesto de inquietud dibujado en su rostro. Miró a un lado y a otro, como si buscase a alguien; se volvió incluso y miró también detrás del banco. La mujer que leía a su lado, alzó la cabeza y la observó con curiosidad.

—¡Me has oído! —gritó Miguel, lleno de alegría—. ¡Estás oyendo mis palabras!

Y la niña, más desconcertada todavía, miraba de nuevo en todas direcciones, entre sorprendida y temerosa.

—No puedes verme, África —continuó Miguel—, a pesar de que estoy muy cerca de ti, mucho más cerca de lo que imaginas. No es que sea un niño invisible. ¡Qué va! Se trata de algo muy extraño que me ha sucedido y que ya te contaré. Quiero que sepas que, cuando puedas verme, vendré a esta plaza a jugar contigo.

Los ojos de la niña parecían más grandes que nunca y reflejaban un gran asombro. La mujer se daba cuenta y no dejaba de mirarla, como si esperase que se produjera al fin el milagro que tanto ansiaba: que la boca de África volviera a emitir algún sonido.

Miguel le contó muchas cosas a su nueva amiga: quién era, dónde vivía, cómo eran sus padres… Y una y otra vez le reiteró sus deseos de volver a verse cuando él recobrase su propio cuerpo. No se atrevió a comentarle nada del vagabundo del centro comercial, el que le había leído los dichosos versos de un poeta llamado Walt Whitman, ni de las cosas tan extrañas que le estaban ocurriendo desde entonces.

Y SEGUÍA hablando y hablando entusiasmado cuando lo zarandeó Casilda en el patio del colegio.

—Pero… ¿qué te pasa? —le dijo—. Parece que estás en otro mundo.

Miguel miró a Casilda y sonrió. Sí, realmente tenía la sensación de regresar de otro mundo, un mundo horrible del que a veces había oído hablar en la televisión, pero al que nunca había prestado mucha atención. Un mundo que estaba también en el planeta Tierra, en el corazón de África y en otros muchos lugares.

Cuando pasaron por la plaza de El Árbol Solitario, Miguel se detuvo y volvió la mirada hacia el banco donde por la mañana había visto a la niña que no hablaba junto a una mujer que leía un libro. El banco estaba vacío.

—¿Tú crees que esa niña volverá a la plaza?

—Vuelve todos los días —le respondió Casilda.

Miguel sonrió satisfecho.

VIERNES

LAS SÁBANAS eran un verdadero amasijo alrededor de su cuerpo. Tan pronto sentía frío y se arropaba hasta la cabeza, como una súbita calorina le hacía apartar a manotazos toda la ropa; tan pronto se acurrucaba hacia un lado, pensando que así le llegaría el sueño, como se volvía hacia el contrario.

Miguel oyó dar las diez al reloj de péndulo del salón. Y las once. Y las doce. Contó una por una todas las campanadas y suspiró con resignación. No recordaba haber estado despierto a aquellas horas salvo en ocasiones muy especiales, como Nochebuena o algún otro acontecimiento importante.

Durante unos momentos permaneció boca arriba, con los brazos por detrás de su cabeza. Pensaba en el nuevo día que acababa de comenzar: viernes. Desde el lunes, y por culpa de un extraño maleficio que sin duda tenían aquellos versos de Walt Whitman, cada día se había convertido en una cosa diferente. Lo más lógico era pensar que el viernes no sería distinto y tendría que vivir otra experiencia similar. Pero, ¿hasta cuándo? Porque no podía pasarse el resto de su vida así.

Un instante después de las doce y cuarto Miguel notó que la puerta de su habitación se movía despacio.

Se arropó a toda prisa y se quedó muy quieto, con los ojos ligeramente entornados. Tras la hoja de madera vio cómo asomaba el rostro de su madre, que sin duda hacía una última visita a su hijo antes de irse a la cama.

—Estoy despierto —dijo entonces Miguel.

Sorprendida, la madre abrió la puerta por completo y entró en la habitación.

—¿Te encuentras bien? —le preguntó.

—Sí, pero no puedo dormirme.

La madre echó un vistazo a la cama y le colocó las sábanas y la manta, luego se sentó en uno de los bordes del colchón.

—Es muy tarde, Miguel. Tienes que intentar dormirte.

—¿Iremos al aeropuerto a buscar a papá? —le preguntó de pronto.

—Sí, claro.

—El avión llega a las veintiuna horas y quince minutos.

—Veo que no lo has olvidado. No te preocupes, saldremos a las ocho de casa, y si nos sobra tiempo nos tomamos un refresco en la cafetería del aeropuerto. Pero tienes que dormirte ahora mismo.

—¿Crees que papá habrá comprado ya el regalo para Casilda?

—¿Qué es eso del regalo para Casilda? —le preguntó la madre extrañada.

—Le dije a papá que le trajese a Casilda algo de ropa o unos zapatos de Londres. A ella le vendría muy bien, porque así podría enviar más dinero a su marido y a sus cuatro hijos, que viven en el corazón de América.

—¿Dónde?

—Perú es el corazón de América. Allí nace el Amazonas, que es la arteria que lleva la vida a todo el continente.

Muy sorprendida, la madre no supo qué decir y se limitó a observar cómo su hijo se metía en la cama y se tapaba hasta la cabeza.

POR LA MAÑANA se levantó en cuanto sintió a su madre arreglándose en el cuarto de baño. Sabía que era temprano y que aún podía seguir un buen rato en la cama; pero no tenía sueño, a pesar de lo tarde que se había dormido.

Al cruzarse con él en el pasillo, la madre se detuvo en seco y se quedó mirándolo con fijeza, luego negó ostensiblemente varias veces con su cabeza.

—Tendremos que ir al médico —le dijo a Miguel.

—No estoy enfermo, no me duele nada.

—La falta de sueño puede ser una enfermedad, o el síntoma de una enfermedad —añadió la madre—. Esta noche apenas has dormido seis horas, y eso a tu edad no es normal. Yo tendría que haberte despertado después de llamarte con insistencia, e incluso de zarandearte. Eso sería lo más lógico.

Miguel no tenía argumentos que oponer a las razones de su madre, por eso se calló y comenzó a imaginarse una escena en la que él mismo era reconocido por un médico. Y el médico le miraba la garganta introduciendo una varita plana de madera en su boca, le inspeccionaba el interior de sus oídos con un aparato que no podía ver, le auscultaba el pecho y la espalda con un estetoscopio helado, le apretaba el estómago con sus manos...

Pensó entonces que tal vez el médico le descubriría una rara enfermedad indolora que se manifestaba de manera muy extraña, haciendo que los pacientes se convirtieran cada mañana en cosas tan raras como una camiseta, un bolígrafo, un cromo, o incluso otra persona. Quizá todo lo que le estaba pasando se reducía a eso: una enfermedad. De ser así, el médico podía tener el remedio: un jarabe, unos comprimidos para después de las comidas, unos supositorios, unas inyecciones...

No pudo apartar esta idea de su mente hasta que, una vez aseado, comenzó a desayunar en la cocina, mientras su madre, de pie, sin dejar de mirar el reloj, se tomaba un café que, como de costumbre, debía de estar demasiado caliente.

—¿Me llevarás al colegio? —preguntó.

—Te llevará Casilda.

— Puedo ir solo.

— Lo sé. Pero me quedo más tranquila si te acompaña Casilda. ¡Este café está ardiendo! Tengo mucha prisa. He de terminar un trabajo muy urgente en la oficina. ¡Ay! ¡Me he quemado la lengua!

—¿Pero volverás a tiempo para ir a buscar a papá al aeropuerto?

—Por supuesto. Sólo estaré liada durante la mañana, yo misma te recogeré en el colegio por la tarde. ¡Qué rabia me da quemarme la lengua!

Miguel se despidió de su madre pensando que los adultos a veces hacían cosas tan estúpidas como tomarse un café que estaba ardiendo y luego lamentarse por haberse quemado. A él nunca le pasaría eso, pues ya tenía cuidado y antes de dar un trago de leche, o de llevarse una cucharada de sopa a la boca, se aseguraba de que no se quemaría la lengua o el paladar.

CAMINO del colegio, no dejaba de pensar en su posible enfermedad. Por un lado, le apetecía aprovechar el largo paseo hasta el colegio y contárselo a Casilda, empezando por el momento en que se encontró con aquel vagabundo en el gran centro comercial.

Casilda tendría que creerlo. No le quedaría más remedio, sobre todo cuando le explicase que, convertido en su bolígrafo, había escrito una carta a su marido y a sus hijos. Ella tendría que rendirse a la evidencia cuando le diese todo tipo de detalles.

Lo intentó en varias ocasiones, pero nunca encontraba las palabras con las que comenzar. Y cuando al fin habló, se sorprendió a sí mismo, preguntando algo ajeno a sus preocupaciones más hondas.

—¿Tú crees que la gente que duerme poco está enferma?

—No.

—¿Estás segura?

—Yo duermo muy poco, y ya ves, me encuentro bien.

—Pues no se lo digas a mi madre, o de lo contrario se empeñará en que vayas al médico.

—Hay gente que duerme más y gente que duerme menos.

—Oye, Casilda, ¿tú entiendes de enfermedades?

—No.

—Pero a lo mejor en tu país has oído hablar de una enfermedad muy rara.

—¿Cómo se llama?

—No lo sé. Pero la gente que la padece, cada mañana se convierte en una cosa. Un día se pueden convertir en una silla, y otro día en un periódico, y otro en una maceta… Incluso se pueden convertir en otras personas.

—Es una enfermedad rarísima —sonrió Casilda, siguiendo la corriente a Miguel—. Y claro, no habrá remedio contra ella.

—Eso no lo sé. Pero me gustaría saberlo.

—Y a quién no.

—Creo que el culpable de que esa enfermedad exista es un poeta americano que vivió en el siglo pasado.

—¿Americano?

—Sí; pero estate tranquila, que no era de Perú.

—Menos mal.

AL LLEGAR al colegio, y tras despedirse de Casilda, se dio cuenta de que, al contrario de lo que le había sucedido otros días, no se había preocupado lo más mínimo del extraño fenómeno que cada mañana se apoderaba de él. Entonces pensó que tal vez la solución de su problema fuese sencillamente olvidarse y hacer su vida como siempre.

Se dirigió hacia un grupo de amigos y charló con ellos de varios temas: la nueva serie de dibujos animados que daban por el Canal Seis de la tele a media tarde, el vídeo de promoción de un grupo inglés de chicas que cantaban y bailaban y que emitía en exclusiva el Canal Doce, el *reality show* de los jueves por la noche del Canal Treinta, el partido de fútbol que el próximo domingo retransmitiría el Canal Veintiuno…

Sonó el timbre que marcaba el comienzo de las clases y dejaron la charla. En fila se dirigían a los pabellones cuando el compañero que marchaba detrás le hizo un comentario a Miguel en voz baja:

—No ha venido el Acordeón.

—¿Cómo lo sabes?

—Se lo he oído comentar a los profesores. Está enfermo. ¿No te diste cuenta que ayer vino con el bastón?

—Eso no quiere decir nada.

—Yo creo que un día de éstos estira la pata.

Nada más entrar en el aula, Miguel comprobó que su compañero tenía razón, pues una profesora sustituta les estaba esperando sentada en la misma butaca que solía ocupar el Acordeón.

A Miguel, como al resto de la clase, le llamó la atención el aspecto de aquella profesora: era tan joven que casi parecía una alumna de las mayores, además era muy guapa y una minifalda dejaba al descubierto unas piernas largas y muy esbeltas.

No podía apartar la vista de ella. Por eso, cuando comenzó a notar aquellos síntomas, los mismos que se habían repetido desde el lunes, cerró los ojos con la convicción de que esta vez se convertiría en aquella joven profesora, o quizá en alguna parte de su cuerpo, como las piernas, donde su vista se había recreado con más insistencia.

Volvió a notar esa nube envolvente y densa y la fuerza poderosa que lo levantaba del suelo como si pesase menos que una pluma y lo zarandeaba de un lado para otro.

"¡Otra vez no! ¡Otra vez no! ¡Otra vez no!", repetía con la convicción de que su voluntad no podría hacer nada contra aquel prodigio.

AL CABO de unos segundos, cuando el torbellino había cesado por completo, aún con los ojos cerrados, notó un olor extraño pero agradable. Era un olor penetrante, que parecía agarrarse con fuerza a las fosas nasales e incluso a las vías respiratorias. Tomó aire hasta llenar sus pulmones y lo retuvo un instante. Percibió una sensación placentera.

—¿Dónde estoy? —se preguntó en voz alta.

Luego, muy despacio, abrió los ojos.

Tras lo vivido los días anteriores, su capacidad de sorpresa había disminuido sensiblemente, por eso ni siquiera se inmutó cuando se encontró en una habitación grande y antigua, que no era un dormitorio, aunque había allí una cama que había sido utilizada recientemente, y que tampoco era un cuarto de estar, aunque había una mesa camilla con faldones, un par de butacas y una estantería grande de madera repleta de libros.

Aquel olor extraño provenía de un puchero que humeaba encima de la mesa camilla, justo al lado de donde se encontraba sentado el Acordeón, que vestía un pijama de rayas verticales y una bata guateada y descolorida. El viejo profesor, de vez en cuando, abanicaba con sus huesudas manos la estela de vaho para que los vapores le llegasen mejor a su nariz grande y cavernosa, que parecía una roca en medio del campo recién arado de su rostro.

Con evidente sangre fría, Miguel comenzó a analizar su situación:

"Estoy en casa de el Acordeón, aunque dadas las circunstancias lo mejor será no llamarle por el mote, sino por su verdadero nombre. Estoy por tanto en la casa de don Alfonso. Está claro que me he convertido en algún objeto que le pertenece, quizá su chaqueta, o su camisa, o sus pantalones…".

Miguel miró a su alrededor y divisó en el respaldo de una silla la ropa de don Alfonso. Por tanto, no se había convertido en una prenda de vestir; pero eso no le tranquilizó. Pensó por un momento que se había convertido en la vieja cartera de cuero que don Alfonso siempre llevaba consigo, pero la cartera estaba junto a la puerta de entrada. Luego, al ver al profesor sin las gafas que solía llevar, pensó que se había convertido en sus gafas; pero las gafas estaban sobre una mesita que había junto a la cama.

—¿En qué me he convertido? —gritó Miguel, pero como en otras ocasiones su voz no era escuchada por nadie, ya que don Alfonso ni siquiera se inmutó y continuó inhalando aquellos vahos tan olorosos.

AL POCO rato sonó el timbre de la puerta. Don Alfonso alzó ligeramente la cabeza y, con esa voz tan desabrida que tenía, dijo:

—Pase, la puerta está abierta.

Entró un hombre de mediana edad muy bien vestido, con un maletín en una mano. Se quedó mirando un instante a don Alfonso y movió su cabeza de un lado para otro, luego esbozó una sonrisa.

—Ya veo que no ha mejorado con los comprimidos —dijo.

—Estoy peor, doctor —le respondió el profesor—. Ni siquiera he podido ir al colegio. Lo he intentado varias veces, pero las fuerzas me han abandonado.

—Ya le he dicho que tiene que olvidarse del colegio. Piense en usted, en su salud. Le daré la baja.

—¡No quiero la baja! —protestó don Alfonso.

—Lo mejor que puede hacer es quedarse en casa.

—Si me quedo en casa me moriré.

—No diga eso.

—Estoy seguro, doctor. Aquí me matarían los dolores que me causa la artrosis de mis rodillas y de mis caderas; los temblores de mis manos se harían cada vez mayores y ya ni siquiera tendría el tino suficiente para coger un vaso; el asma me asfixiaría… Necesito regresar al colegio. Los niños me dan cada día el hálito de vida suficiente para resistir. Es así. Ellos, por supuesto, lo ignoran. Yo sé que no les caigo bien, soy un profesor viejo, enfermo, gruñón y cascarrabias. ¿Sabe cómo me llaman, doctor?

—Dígamelo.

—Pues me llaman el Acordeón. Ya se imaginará usted por qué. Pero no me importa. Seguiré yendo al colegio todos los días, aunque tenga que ir a rastras.

El médico se acercó a don Alfonso y le palmoteó la espalda con su mano.

—Creo que lo comprendo —le dijo—. Y además lo admiro.

—Pues a ver si me receta algo que me haga más efecto que esos comprimidos. Algo que me cure definitivamente la artrosis, los temblores, el asma, la sordera…

—No pida tanto —sonrió el médico—. Probaremos con unas inyecciones.

—Probaremos —repitió don Alfonso.

—Yo mismo me ocuparé de dar aviso al practicante. Usted no se mueva de casa en todo el día.

SE MARCHÓ el médico y durante unos minutos don Alfonso volvió a concentrarse en los vahos que, aunque con menor intensidad, seguían saliendo del puchero.

Miguel, hondamente impresionado por la escena a la que acababa de asistir, trataba de averiguar de una vez en qué cosa se había convertido. Pero aunque miraba a un lado y a otro con insistencia, no conseguía vislumbrar ni siquiera una pista.

—¡Don Alfonso! —gritó, pues de repente había sentido la necesidad de hablar con su maestro—. ¡Don Alfonso! ¡Soy yo, Miguel! ¡Eh, don Alfonso, estoy aquí!

Pero por más que gritaba no conseguía llamar la atención del profesor y, aunque éste estaba bastante sordo, de sobra sabía Miguel que el motivo era otro, era algo que se escapaba a sus propios razonamientos.

Desolado, dejó de gritar y trató de resignarse con su suerte, pensando que al menos por la tarde volvería a recuperar su aspecto normal.

Al cabo de un rato, don Alfonso se agarró con una mano al borde de la mesa y con la otra al respaldo de la silla. Luego, haciendo un gran esfuerzo y aguantando visiblemente el dolor, se incorporó. Durante unos segundos permaneció en pie, inmóvil, como si estuviera esperando a que todos y cada uno de sus huesos se colocasen en la posición adecuada. Después, miró en dirección al lugar en donde se encontraba Miguel.

—¡Ah, estás ahí! —exclamó.

A Miguel le dio un vuelco el corazón. El profesor le estaba mirando fijamente.

—Sí, estoy aquí —le dijo—. Y no me pregunte cómo he llegado hasta su casa, porque ni yo mismo lo sé. Pero quería decirle que, sin querer, he escuchado su conversación con el médico. Yo no sabía que…

Miguel se detuvo al ver cómo don Alfonso iniciaba unos torpes pasos hacia él, al tiempo que extendía una de sus manos, como si pretendiera cogerlo.

—Tendré que tenerte siempre a mi lado —añadió el profesor.

—¡Eh! Pero… ¿qué va a hacerme? —Miguel veía acercarse más y más la mano del profesor, y la mano era gigantesca.

Al instante sintió que la mano de don Alfonso se aferraba a su cabeza y le apretaba con fuerza. Luego, sintió que la misma mano lo movía de un lado para otro. Entonces lo comprendió.

"¡Me he convertido en el bastón del Acordeón, digo… de don Alfonso!".

Y en ese mismo instante sintió una inmensa alegría. Era sin duda lo mejor que podía hacer por su profesor: ser el bastón donde se apoyara para caminar.

—¡No tenga miedo, don Alfonso! ¡Agárreme con fuerza! ¡Yo le ayudaré a caminar!

AL CABO de una hora llegó el practicante y le puso una inyección. Luego, el profesor se acostó y se quedó durante algún tiempo mirando una fotografía que tenía sobre una mesita, junto a la cama.

Miguel observó aquella foto con interés, en ella se veía a don Alfonso, pero más joven, sonriendo al lado de una mujer. La mirada de don Alfonso se había llenado de añoranza y de ternura.

Luego, el profesor se incorporó un poco, con mucha dificultad, y con sus manos temblonas y torpes se colocó la almohada bajo la espalda. Su respiración era corta y acelerada, más bien parecía un jadeo constante y angustioso. Mantenía la boca muy abierta, como si buscase desesperadamente un poco de aire en la penumbra de aquella habitación, y de vez en cuando todas las arrugas de su rostro se contraían en un gesto de sufrimiento.

Así permaneció un buen rato, hasta que su cuerpo comenzó a perder la tensión poco a poco, a relajarse… La inyección que le habían puesto empezaba a surtir efecto. Finalmente se quedó dormido repitiendo obsesivamente una frase:

—El lunes volveré al colegio, el lunes volveré al colegio, el lunes volveré al colegio…

VELANDO el sueño del profesor, Miguel perdió la noción del tiempo, hasta que una voz lo devolvió a la realidad.

—¡Vamos, Miguel, a qué esperas!

Volvió la cabeza y descubrió a su madre junto a la puerta del colegio que daba a la calle. Le hacía señas insistentemente con una mano.

Miguel miró a su alrededor y se descubrió en medio del patio, prácticamente solo. Aturdido, comenzó a caminar en dirección a la puerta.

—¿Qué hacías ahí parado? —le preguntó su madre—. Todos tus compañeros han salido ya.

Pensó entonces contarle a su madre lo que le había pasado, explicarle que, convertido en bastón, había estado en la casa de don Alfonso, y que el profesor estaba enfermo, que lo había dejado durmiendo en su cama… No sabía por dónde comenzar y además estaba convencido de que su madre no se iba a creer ni una sola palabra de lo que le dijese.

—Es que… se me olvidó un cuaderno y volví a buscarlo —mintió.

—Iremos al aeropuerto a buscar a papá, pero antes pasaremos por casa. Tenemos tiempo.

El avión de su padre llegaba a las veintiuna horas y quince minutos de Londres. A Miguel le entusiasmaba ir al aeropuerto a esperar a su padre cuando volvía de algún viaje. Mientras su madre se tomaba algo en la cafetería, él se acercaba hasta unas grandes cristaleras desde donde se divisaban las pistas. Sin perderse detalle, seguía los movimientos de los aviones hasta que despegaban o tomaban tierra. Incluso, se imaginaba a los pilotos dentro de sus cabinas llenas de mandos, a los pasajeros colocándose los cinturones, a las azafatas repartiendo refrescos y periódicos…

CAMINO de su casa, al detenerse unos segundos ante un semáforo que estaba en rojo, sintieron unos golpecillos en el cristal de la ventanilla. Su madre y él volvieron la cabeza y Miguel no pudo evitar dar un respingo al descubrir el rostro de Loren y Chiqui al otro lado del cristal.

Loren señalaba hacia el suelo con su mano, al tiempo que decía:

—Señora, lleva una rueda pinchada.

La madre, un poco sorprendida, bajó el cristal de la ventanilla.

—Es la de atrás —continuó Loren—. Está completamente en el suelo.

Loren les cambió la rueda y la madre de Miguel, además de comprarle varios paquetes de pañuelos de papel, le dio una buena propina. Durante el tiempo que duró la operación, Chiqui permaneció en segundo plano, sin apartar la vista de Miguel; no sabía de qué, pero el rostro de aquel chico le resultaba familiar.

Una vez cambiada la rueda, la madre volvió al coche y lo puso en marcha. Antes de subir también, Miguel se acercó a Loren y Chiqui y les dijo:

—Creo que debéis cambiar de semáforo. Si seguís mucho tiempo aquí, os acabarán descubriendo.

—Ya lo habíamos pensado —se le escapó a Loren, quien al momento recapacitó sorprendido—: oye, y tú… ¿cómo sabes que…?

Pero Miguel les guiñó un ojo y se metió en el coche de su madre. En ese momento el semáforo saltó del rojo al verde y el coche se alejó por la calle.

SÁBADO

MIGUEL llevaba un buen rato despierto, pero no tenía ganas de levantarse de la cama. No era por sueño ni por cansancio, sino por una sensación de abatimiento que se había apoderado de él. Le resultaba desesperante saber que estaba condenado a convertirse cada mañana en cualquier cosa, en contra de su voluntad.

Por más que lo intentaba, no conseguía borrar este pensamiento de su mente, a pesar de que trataba de rememorar una y otra vez los momentos más agradables de la noche anterior, cuando había ido con su madre al aeropuerto para esperar a su padre, que regresaba de Londres.

Pero esos recuerdos agradables eran borrados por la certeza de que, tal y como le había ocurrido a lo largo de la semana, en cuanto se descuidase, volvería a convertirse en algún objeto o quizá en otra persona, que así de caprichoso se había vuelto su destino.

Se tapaba con el embozo de la cama y apretaba con fuerza los párpados para no ver nada. Lo peor eran sus propios pensamientos, que le asaltaban constantemente, y de sobra sabía él por experiencia que hasta un simple pensamiento bastaba para apoderarse de su cuerpo y trasladarlo a otro lugar.

Perdió la noción del tiempo hasta que su madre entró en la habitación y enrolló la persiana. Una luz radiante invadió la estancia y, aunque Miguel permanecía con los ojos cerrados, pudo percibir la claridad.

—Son las diez —le dijo la madre.

Y luego, sin darle más opciones, tiró del embozo y lo destapó por completo. Miguel aún trató de hacerse un ovillo, agarrándose las rodillas con sus brazos. Pero su madre comenzó a hacerle cosquillas y lo obligó a cambiar de postura.

En otra situación hubiera disfrutado de lo lindo jugando con su madre, pero era tan grande la inquietud que sentía que apenas podía reaccionar.

—¡Déjame! —se quejaba—. ¡No quiero levantarme!

—Te vas a levantar ahora mismo. ¡Dormilón! De lo contrario no pararé de hacerte cosquillas.

—¡Déjame!

Miguel no tuvo más remedio que acceder a los deseos de su madre. Saltó de la cama y sin abrir los ojos, a tientas, salió de su habitación y se dirigió hacia el cuarto de baño. Entró y cerró la puerta por dentro, luego comenzó a tocar todos los objetos que allí había para orientarse mejor y, cuando se aseguró de que se encontraba frente al espejo, muy despacio, abrió los párpados.

A escasos centímetros descubrió su propio rostro.

—Eso es —se dijo en voz baja—. En el espejo sólo veré mi cara, mi cuerpo, mis manos… Es decir, sólo me veré a mí mismo, por tanto, si me convierto en algo, tendrá que ser en mí mismo. Claro, que también podía convertirme en espejo y entonces…

Sin dejar de mirar su propio reflejo pasaba de unos pensamientos a otros. A veces trataba de convencerse de que lo mejor sería contar todo lo sucedido a sus padres, pero estaba seguro de que ellos no iban a creerle. Y en cierto modo, los comprendía, pues ni él mismo se hubiera creído en condiciones normales una historia semejante.

Después de muchos razonamientos creyó encontrar una solución. No se separaría de sus padres ni un solo momento durante el día, y así, si se convertía en algo, ellos serían los primeros en darse cuenta. Se lavó a toda prisa y salió del cuarto de baño.

LO MALO fue cuando a media mañana el padre de Miguel se puso a hacer agujeros en una de las paredes para colocar una estantería de madera. Con el taladro en una mano y un martillo en la otra, lo miró fijamente durante un instante y le dijo:

—Mientras yo monto la estantería, ve al quiosco y compra el periódico.

El quiosco de periódicos se encontraba muy cerca de su casa. Apenas había que bajar un poco la calle, unos doscientos metros, y en la primera esquina, en un ensanchamiento de la acera, allí estaba.

—¿Y no podemos comprarlo más tarde? —se quejó Miguel.

—Si vamos a última hora se habrá agotado, como nos ha pasado en otras ocasiones.

—Es que… —Miguel trataba de encontrar una excusa para no salir de casa—, tengo que hacer deberes.

—Pues los haces cuando vuelvas —continuó el padre—. No tardarás más de diez minutos.

—Es que… no me apetece.

La madre, que estaba oyendo toda la conversación, intervino de forma tajante.

—¡Cómo que no te apetece! ¡No seas maleducado, Miguel! ¡Si papá te pide que compres el periódico, vas y lo compras! ¡Y sin rechistar!

—No puedo separarme de vosotros ni un sólo segundo —Miguel intentó dar algunas explicaciones—. Podría contaros el motivo, pero seguro que no lo entenderíais.

—¡He dicho que sin rechistar! —le cortó la madre.

La madre de Miguel se enfadaba pocas veces, muy pocas, casi nunca; ¡pero cuando lo hacía…! Y por el tono de sus palabras daba la sensación de que estaba empezando a enfadarse. Por tanto, sería mejor obedecer. Al fin y al cabo su padre tenía razón: el quiosco estaba cerca y si iba corriendo tardaría muy poco tiempo.

SALIÓ de casa, respiró en profundidad varias veces junto a la cancela de hierro y echó a correr en dirección al quiosco. Saludó con un gesto de su mano a un vecino que paseaba un perro y se situó en la parte más interior de la acera, para evitar la hilera de árboles que adornaban y daban sombra a la calle.

Y cuando estaba llegando al quiosco, apoyado en el tronco de uno de esos árboles, leyendo un libro, lo vio.

Miguel se detuvo en seco y se quedó mirándolo fijamente.

—¡Es él! —no pudo contener la emoción.

Se sintió muy afortunado por volver a encontrar a aquel hombre, con aquella melena blanca y aquella barba inmensa y ondulada, como la ladera de una montaña nevada. Llevaba el mismo sombrero viejo y su aspecto de vagabundo no había cambiado lo más mínimo. Era una verdadera suerte encontrarse de nuevo en una ciudad tan grande como la suya.

En aquel instante Miguel comprendió que sus desdichas estaban a punto de terminar. Aquel hombre había sido el causante de ellas y ahora sería también quien le proporcionase una solución. Estaba seguro.

Sonrió satisfecho y avanzó despacio hacia él, casi de puntillas, como si pretendiese no ser descubierto. Se detuvo a ocho o diez metros de distancia. Entonces quiso llamarlo, pero recordó que no sabía su nombre. No obstante, pronunció dos palabras con decisión:

—¡Walt Whitman!

El vagabundo levantó la vista del libro y volvió la cabeza. Al ver a Miguel sonrió.

—No me llamo Walt Whitman —respondió—, aunque, como él, tengo la barba llena de mariposas. Eso lo dijo otro poeta, español, de Granada.

—¿Y cómo te llamas entonces? —preguntó Miguel.

—Puedes llamarme… Barba de Mariposas.

—En realidad no me importa tu nombre, pero te aseguro que, al verte, me he llevado la alegría más grande de mi vida.

—¿Por qué?

—¿Te acuerdas de aquellos versos que me leíste el domingo pasado, en el aparcamiento del centro comercial?

—Claro que me acuerdo.

—Pues estoy convencido de que esos versos estaban embrujados.

Miguel dio unos pasos en dirección al vagabundo, y cuando estaba pensando cómo empezar a contarle todo lo que le había sucedido, sintió un extraño remolino a su alrededor y una fuerza misteriosa que se apoderaba de él. Su cuerpo parecía volverse ingrávido y flotaba de un lado para otro en medio de una densa y misteriosa nube.

—¡No! ¡No! ¡No! —gritó aterrorizado, pues pensaba que su última esperanza se desvanecía sin remedio.

A PESAR de que aquellos extraños fenómenos ya habían cesado hacía un rato, Miguel se negaba a abrir los ojos, sin duda porque estaba convencido de que lo que descubriese no iba a gustarle en absoluto. Pensaba en las cosas que había visto desde que se había levantado de la cama:

"Tal vez me haya convertido en la máquina taladradora de mi padre, con la que estaba haciendo agujeros en la pared para colgar la estantería.

"Tal vez me haya convertido en la taza donde he desayunado y me encuentre dentro del lavavajillas, rodeado de cacerolas, platos y cubiertos sucios. ¡Qué horror! Si a mi madre se le ocurre conectar el lavavajillas moriré ahogado sin remedio.

"Tal vez me haya convertido en un árbol de la calle. O en el perro que paseaba el vecino. O en el propio vecino. O quizá en un periódico de los que se venden en el quiosco…".

Tenía los párpados tan apretados que los ojos comenzaron a dolerle, por eso los abrió.

Sorprendido, miró a su alrededor y lo que descubrió le llenó de satisfacción: seguía en el mismo sitio, muy cerca del quiosco de periódicos, a doscientos metros de su casa, en la acera salpicada de árboles por la que acababa de pasar.

Entonces miró a un lado y a otro en busca del vagabundo, pero éste había desaparecido.

—¡Barba de Mariposas! —le llamó.

Pero nadie respondió a su llamada.

Decidió comprar el periódico y regresar a su casa cuanto antes. Por eso, metió su mano derecha en el bolsillo del pantalón para coger el dinero. Buscó y rebuscó por el bolsillo, pero no encontró ni rastro del dinero. Y no sólo eso, sino que aquel bolsillo le resultó muy raro, excesivamente grande y de una tela muy áspera.

—¡Qué extraño! Estos pantalones no parecen los míos, son muy grandes y están viejos y sucios. Y esos zapatos, con la suela despegada y cubiertos de polvo…

Sacó la mano del bolsillo y se la contempló. Sintió una impresión tan grande que estuvo a punto de desmayarse. ¡Aquélla no era su mano! Tuvo un terrible presentimiento y corrió hasta el escaparate de una tienda de muebles que estaba muy cerca, se detuvo frente al enorme cristal y contempló su propia figura. Pero, ¿lo que veía era realmente su propia figura?

Aquel cristal le proporcionaba la imagen del vagabundo, Barba de Mariposas o como quisiera llamarse, con sus ropas viejas y desastradas, con su barba enorme y blanca, con el pelo largo que le caía en cascada desde las alas de un sombrero descolorido.

—¡Es horrible! —exclamó—. ¡Me he convertido en el vagabundo!

Era evidente que con aquella pinta no podía regresar a su casa. Sería inútil tratar de explicar a sus padres que dentro de aquel cuerpo se encontraba su hijo Miguel, el mismo que minutos antes había salido a comprar el periódico.

Desolado, comenzó a caminar por la calle, sin saber adónde le dirigían sus propios pasos, sin saber en qué ocuparía el tiempo hasta que esa especie de maleficio que todos los días se apoderaba de él quisiera desaparecer.

LLEGÓ a una zona ajardinada y se sentó en un banco de madera. Entonces registró los bolsillos de la chaqueta: en uno encontró un pedazo de chocolate envuelto en papel de plata, en el otro el libro de poemas de Walt Whitman. Abrió el libro y pasó sus páginas con precipitación hasta que encontró lo que andaba buscando.

—¡Aquí está! —exclamó.

Y leyó una y otra vez aquellos versos que ya se sabía de memoria:

Había un niño que salía todos los días,
y el primer objeto que miraba,
en ese objeto se convertía.

Miguel continuó leyendo el poema y, aunque no lo entendía muy bien, descubrió que aquel niño que salía todos los días no sólo se convertía en objetos, sino también en todo tipo de plantas, de animales e, incluso, de personas.

—Eso explica que el jueves me convirtiera en una niña y que hoy me haya convertido en el vagabundo —razonó Miguel.

Se guardó el libro en el bolsillo y siguió caminando, con la intención de que el tiempo transcurriera lo más rápido posible hasta el instante en que volviese a recobrar su propio cuerpo y su propio aspecto.

Al cabo de un rato sintió hambre, pero no un hambre normal y corriente, como había sentido en otras ocasiones, cuando volvía a casa después del colegio y pedía con impaciencia la merienda.

Se trataba de un hambre diferente, un hambre que le encogía el estómago y le producía una gran desazón.

"Este vagabundo debe llevar varios días sin comer en condiciones", pensó.

Recordó el pedazo de chocolate envuelto en papel de plata que llevaba en la chaqueta. Lo sacó y comprobó que estaba un poco blando.

—Será mejor que me lo coma cuanto antes. Si tuviera un pedazo de pan... Con el pan se me llenaría más la tripa.

Volvió a tantear por los bolsillos en busca de una moneda con la que comprarse una barra de pan, pero no encontró nada.

—¡Cómo es posible andar por el mundo sin dinero! —exclamó un poco molesto.

Dio un mordisco al chocolate. Estaba rico.

De pronto, al otro lado de la calle, vio un contenedor de basura. Estaba tan lleno que la tapa no podía cerrarse del todo. Sin poder explicarse su reacción, cruzó a toda prisa, haciendo frenar bruscamente a un coche que circulaba en esos momentos por allí. El conductor sacó medio cuerpo por la ventanilla para insultarlo. Pero Miguel ni siquiera le prestaba atención y, con ansiedad, había metido uno de sus brazos dentro del contenedor y tanteaba la basura en busca de un pedazo de pan.

Entonces sintió que alguien le tiraba de los faldones de la chaqueta. Se volvió de inmediato y descubrió a un niño que le tendía una barra de pan.

—Tómelo, es para usted —le dijo el niño.

El pan era tierno y hasta estaba caliente, como recién sacado del horno.

—Yo te conozco —dijo Miguel, mirando fijamente a aquel niño.

—Pues yo a usted no le había visto en mi vida —contestó el niño con seguridad y desparpajo.

—Tú eres Chiqui, el que desinfla las ruedas de los coches junto a un semáforo para que su hermano Loren venda pañuelos de papel.

El rostro de Chiqui era la imagen viva de la sorpresa.

—Eso… no es cierto…, yo no…, además… —el niño se había puesto tan nervioso que no acertaba a hilvanar una frase completa.

—No te preocupes, no se lo diré a nadie. Te lo prometo.

—Pero… ¿cómo sabe que…?

—Es una historia muy larga y completamente increíble.

Miguel abrió la barra de pan con los dedos, metió en el interior el chocolate y luego la partió en dos trozos. Se quedó con el más grande y el pequeño se lo dio a Chiqui.

—Éste para ti. El chocolate está un poco blando, pero es muy bueno.

Los dos dieron un mordisco a su pedazo de bocadillo.

—Oye, ¿dónde has robado este pan? —preguntó Miguel con la boca llena.

—En una panadería que hay a la vuelta de la esquina —respondió Chiqui, también con la boca llena.

—Está tierno y crujiente, como a mí me gusta.

Mientras comían, Miguel comenzó a pensar en el libro que tenía en el bolsillo de su chaqueta, un libro de versos, escrito por un poeta de Nueva York que vivió en el siglo XIX y que se llamaba Walt Whitman, un libro en el que había un poema sorprendente que comenzaba hablando de un niño que salía todas las mañanas y se convertía en lo primero que miraba: en un edificio, en un árbol o en un muchacho que se cruzaba en su camino.

Durante un instante, Miguel creyó entender algo de lo que le estaba pasando, por eso sacó el libro de su bolsillo y le preguntó a Chiqui:

—¿Te gustaría que te leyera un poema?

—¿Un qué…? —preguntó Chiqui sorprendido.

—¿No sabes lo que es un poema?

—No.

—¿No has ido nunca a la escuela?

—A veces he ido, pero hace tiempo que no voy. Me gano la vida en la calle, con mi hermano. Me gusta más eso que ir a la escuela.

Miguel observó a Chiqui con detenimiento. Se fijó en su pelo enmarañado, en su piel morena, en sus manos anchas y cortas rematadas por uñas rotas y ennegrecidas. Se fijó en sus ropas sucias que probablemente habrían pertenecido antes a otras personas, en sus zapatos que habían perdido la forma y el color…

—No —Miguel negó con la cabeza, al tiempo que volvía a guardarse aquel libro—. Sería muy injusto contigo si te leyera estos versos.

Chiqui se encogió de hombros y se marchó.

MIGUEL siguió caminando por las calles de la ciudad. Aquel bocadillo de chocolate había conseguido aplacar su hambre, pero además otra preocupación le hacía olvidarse por completo de la comida.

No tenía certeza de nada, pero algo en su interior le decía que tenía que buscar a un niño al que leer aquellos versos que a él también le habían leído. Y ese niño no podía ser cualquier niño, por ejemplo, no podía ser Chiqui, porque Chiqui no tenía nada y a pesar de sus pocos años ya sabía lo suficiente de sinsabores e injusticias.

Tenía que ser otro niño, pero… ¿qué niño?

Caminó durante un par de horas por la ciudad, mirando siempre a un lado y a otro, buscando con la mirada. Finalmente, algo cansado, se sentó en un banco.

Al cabo de unos minutos vio venir por la acera a un niño de su edad, es decir, de su edad cuando era el auténtico Miguel y no aquel vagabundo. Vestía aquel niño unas ropas muy modernas, todas de marca, y unas deportivas de las que llaman la atención; su pelo, peinado y limpio, brillaba de manera increíble.

El niño caminaba embelesado, pues no apartaba la vista de un videojuego portátil que llevaba en sus manos. Además, acoplados a sus orejas, llevaba los auriculares de un *walkman* que sujetaba en la cinturilla de sus pantalones.

Miguel se puso de pie de inmediato y justo cuando el muchacho pasaba a su lado se interpuso en su camino. El choque fue inevitable.

—¡Eh, eh! —exclamó Miguel—. ¿Es que no sabes mirar por donde andas?

Aquel niño, algo confundido, sujetó con fuerza el videojuego, que a punto había estado de caérsele al suelo, y de un tirón se sacó los auriculares de las orejas.

—Perdone. Creo que iba distraído y no me di cuenta…

—Si no miras hacia delante te pasarás la vida chocándote contra todo lo que encuentres a tu paso.

—Sí, señor.

—Hoy he sido yo, que no estoy demasiado duro; pero imagínate que mañana te chocas contra una de esas enormes farolas de hierro, o contra el tronco de un grueso árbol, o contra un buzón de correos, o contra un camión que se haya subido a la acera para descargar su mercancía, o contra un quiosco de periódicos, o contra un rinoceronte que se haya escapado del zoológico…

Mientras pronunciaba esas palabras, Miguel tenía la sensación de que aquella escena la había vivido ya, pero al revés, es decir, él era el niño y el vagabundo, por supuesto, era otra persona.

Estuvo un rato charlando con el niño, que parecía muy despierto y muy simpático y, sólo cuando estuvo completamente convencido de que aquél era el niño que estaba buscando, sacó el libro del bolsillo y le dijo lo siguiente:

—Este libro de versos lo escribió un hombre que vivió en el siglo XIX al otro lado del océano Atlántico,

se llamaba Walt Whitman. Hay un poema precioso, podría leértelo, pero el caso es que... no me atrevo.

—¿Por qué no se atreve? —se sorprendió el niño.

—Tú... ¿quieres que te lo lea?

—Sí.

—Bueno, te leeré sólo el principio.

Y Miguel, después de carraspear un par de veces para aclarar su garganta, comenzó a leer:

—*Había un niño que salía todos los días,*
 y el primer objeto que miraba,
en ese objeto se convertía.

Luego, visiblemente nervioso, cerró el libro de golpe y se lo guardó.

—¿Ya se ha terminado la poesía? —preguntó el niño.

—No; es una poesía bastante larga, pero no te leeré más.

—¿Por qué? —insistió el niño.

—Tengo que marcharme.

Miguel se dio media vuelta y comenzó a alejarse. Cuando al cabo de un rato volvió la cabeza, descubrió al niño caminando por la misma acera, embelesado de nuevo con su videojuego portátil y su *walkman*.

Miguel percibía muchas y variadas sensaciones, pero tenía la certeza de que había hecho lo que tenía que hacer.

Aliviado, feliz, respiró profundamente y regresó a su casa.

◆ • ◆ • ◆ • ◆